시-LIM 시인선 001

심장보다 단단한
토마토 한 알

고선경 시집

시-LIM 시인선 001

심장보다 단단한
토마토 한 알

고선경 시집

시인의 말

아삭아삭할 겁니다
겨울을 견뎌 본 심장이라서요

2025년 1월
고선경

차례

1부   나는 행운을 껍질째 가져다줍니다

3부 미래가 태어나려면 필요한 일들이었다

4부   너의 팬이야

1부

나는 행운을
껍질째 가져다줍니다

신년 운세

나는 남을 돕는 팔자라고 그랬다
그렇게 말한 사주쟁이가 한둘이 아니다

잘 봐
내가 얼마나 쉽게 슬퍼하는 사람인지
얼마나 화를 잘 내는지

나를 슬프게 만들면 반드시 불행해질 거야

슬플수록 사나운 표정을 짓게 되는 내가 있고
사나운 표정을 해명하고 싶어 하는 내가 있다

행운의 색깔은 하늘색
오늘 내가 가진 물건 중 하늘색은 하나도 없네

누군가는 모든 게 나의 조급함 때문이라고 그랬다 또 다른
누군가는 힘들어도 꼭 이루어질 테니 기쁨이라고

제일 친한 친구는 어깨를 으쓱이며 말했다

마흔 살 되면 다 해결될 건데 뭐가 문제?

대기만성보다는 만사형통
만사형통보다는 만사대길이지

팔자가 싫을 때 "나에게는 아직 끝낼 인생이 남아 있다"라
고 적었다
월급도 못 주는 회사를 관뒀을 때 가스가 끊겼을 때 이십육
인치 캐리어 질질 끌고 남의 집 전전했을 때

보세요 부의 기운을 담은 부적입니다 영민함을 상징하는 토
끼 두 마리가 그려져 있지요 아 그건 한정판 순금 부적이에요
승천하는 청룡과 여의주가 길한 기운을 가져다줍니다

단돈 칠만 원
없어 인마

내가 태어난 게 대길인 줄이나 알아

오늘의 운세 따위를 믿는 건 아니지만
머릿속이 답답하니 주변을 정리하라길래 창문 열고 쓸고
닦고 방 청소를 했다

창밖은 건물뿐이지만
잘 보면 사다리꼴 모양의 하늘이 빼꼼 청명함을 드러냈다

책상 서랍 속에는 찢어진 노트 한 장
뒤집어 보니 이렇게 적혀 있었다

"나에게는 아직 끝내주는 인생이 남아 있다"

그게 꼭 부적 같아서
바깥만 나가면 하늘이 드넓다는 걸 알게 되어서

바깥을 씩씩하게 걸었다
하늘색이 행운의 색깔이라는 건
보통 행운이 아니다

나도 부적 하나 써 줄게
만사형통이나 만사대길 말고

남을 돕는 팔자를 가진 이의 이름 하나 적어 줄게
그러니까 이 시 꼭 사서 간직해
알았지?

럭키슈퍼

농담은 껍질째 먹는 과일입니다
전봇대 아래 버려진 홍시를 까마귀가 쪼아 먹네요

나는 럭키슈퍼 평상에 앉아 풍선껌 씹으면서
나뭇가지에 맺힌 열매를 세어 보는데요
원래 낙과가 맛있습니다

사과 한 알에도 세계가 있겠지요
풍선껌을 세계만큼 크게 불어 봅니다
그러다 터지면 서둘러 입속에 훔쳐 넣습니다
세계의 단물이 거의 다 빠졌어요

슈퍼 사장님 딸은 중학교 동창이고
서울에서 대기업에 다닙니다
대기업 맛은 저도 좀 아는데요
우리 집도 그 회사가 만든 감미료를 씁니다

대기업은 농담 맛을 좀 압니까?
농담은 슈퍼에서도 팔지 않습니다

여름이 다시 오면
자두를 먹고 자두 씨를 심을 거예요
나는 껍질째 삼키는 게 좋거든요
그래도 다 소화되거든요

미래는 헐렁한 양말처럼 자주 벗겨지지만
맨발이면 어떻습니까?
매일 걷는 골목을 걸어도 여행자가 된 기분인데요
아차차 빨리 집에 가고 싶어지는데요

바람이 불고 머리 위에서 열매가 쏟아집니다
이게 다 씨앗에서 시작된 거란 말이죠

씹던 껌을 껌 종이로 감싸도 새것은 되지 않습니다

자판기 아래 동전처럼 납작해지겠지요 그렇다고
땅 파면 나오겠습니까?

나는 행운을 껍질째 가져다줍니다

늪이라는 말보다는 높이라는 말이 좋아

서울에 늪이나 어둠이 있을까?
늪과 어둠은 어떻게 서로를 식별하는지

자면서도 나에게 말한다 정신 차려
아 정신 차려 정신을
차려 보면 나는 늦은 점심을 먹고 있다

점심은 가볍게 먹자
그렇게 말하는 네가 좋다

너는 서늘한 방 한구석에 웅크린 어둠
일으켜 세울 수 없다

어떻게 하면 너처럼 단단한 무릎을 가질 수 있어?
나는 무릎을 늪 속에 묻어 두었다
거짓말

서울에 살지만 서울을
경험해 본 적이 있느냐고 묻는다면

고개를 저을 것이다

남산 케이블카에도 서울이 있고
서촌과 북촌 사이에도 서울이 있지만
서울에서는 정신을 똑바로 차려야 한다고
나 떠날 때 네가 말해 주었다

그런데 내가 어디를 떠나왔더라?
가방에 든 짐이 점심 메뉴처럼 가벼웠는데

발걸음
사뿐사뿐

나는 늪이라는 말보다는 높이라는 말이 좋아
너는 이 문장을 반대로 읽어도 좋아

창문이라는 창문은 활짝
열어 두었으니까

무릎 속에 묻어 둔 늪을
새들이 들쑤시고
너는 개운해진다

우리 점심은 가볍게 먹자

맨발은 춥고 근데 좀 귀여워

길을 걷다 눈사람을 발견했다
가슴에 붙은 종이쪽지에는 어린이
글씨체로 적혀 있었다

"내가 본 눈사람 중 제일
못생김!
근데 좀 귀여워"

나는 싫은데 길 미끄럽고 신발 젖고
위험한 거 싫은데

바쁜데
하라고 재촉하는 사람 없는데
밀린 일 진짜 많고

한숨 푹 자고 일어났을 때는
다른 세상에 도착한 것만 같았다
거울에 비치는 건 늘 같은 풍경이지만

미지근한 수돗물
올겨울 처음 사 입어 본 내복
맨발은 춥고

사람들 마음 못생긴 거 다 아는데
눈사람은 부수지 말고

가슴에 면접 수험표나
마음에도 없는 명찰 붙어 있다고
기죽지 말고

저마다 글씨체는 다르지만
기지개를 켤 때는 누구나 느낌표가 돼
"내가 본 사람 중 제일!"

두꺼운 양말을 신어도 춥지만
좀 귀엽지

진짜진짜 축하해

축하를 받고 나면 울적해지는 사람이 있다
받아도 되는 축하인지 모르겠어서
엉거주춤
묻고 싶어진다

자격이 있어?
너나 나나

축하받을 자격
있어? 축하할 자격이?

슬픔을 과시하려는 사람이 있다면
그 사람의 슬픔이 진짜인지 가짜인지
그게 그렇게 중요합니까

축하합니다
이런저런 자격이 있으신 것

생크림케이크를 잘랐는데

모래가 쏟아져 나오는 것

터지기 직전의 폭죽은 왜 이렇게 찌뿌둥한가
스트레칭하듯 길어지는 코끼리 나팔

그런데 귀에다 대고 불면
그거 그냥 테러

아닌가

각자의 슬픔이 더 멋지다고 우길 때에도
팡파르가 울려 퍼진다

나에게 저항할 자격이 있다면
내 인생의 테러리스트가 나일지라도

축하를 위한 자리에서
촛불을 켤 것

위력 없는 폭발의 알록달록한 잔해

이 서걱거림이 마음에 든다면
좋아요 댓글 구독
알림 설정 말고

뽀뽀

뷔페처럼 차려진 감정들
남기거나 집어 던져도 된다

산성비가 내리는 대관람차 안에서

악에 받친 채로 던진 공이 나에게 되돌아온 적 있다
체육 시간이 끝난 뒤였고 같은 반 아이들이
나를 지켜보고 있었다

네가 얼른 커서 얼른 망해 버렸으면 했다

극복할 수 없을 정도로 망했는데
슬프지 않기를 바랐어

이렇게까지 미워하는 마음을 가질 수 있다니
나는 지옥에 가고 말 거야! 하지만 지옥을
무서워하는 사람도 지옥에 갈까? 그 정도로 신이 무자비할까?

네가 좋아하던 신 말이야 나는
성가실 정도로 누군가의 슬픔에 이입이 잘 돼서 말이야
네가 신을 믿지 않기를 바랐다

빵 끈으로 만든 반지를 나눠 가지고 난 다음 날
너는 갑자기 나를 차갑게 대했어

그 후로 매일
투명한 공이 내 가슴팍으로 퍽
퍽 날아오는 것이다

나의 안쪽에서는 깨진 유리 조각이 후두둑 떨어져 내리고
우리가 함께 읽은 책들에 용도가 생겼지 유리는 종이로 감
싸서 버려야 하잖아

이제 나는 공이 날아오기 전에
미리 나를 깨뜨려 놓는다

네가 보고 배웠으면 좋겠는데 너는 나를 보지 않지
그렇게 십 년이 흐른 거야 나는 오래된 유원지처럼 십 년
전 풍경을 간직하고 있고

산성비가 내린다
신도 지옥이 무서울까?

아무도 찾지 않는 유원지
아이스크림 파는 마차도 철수했지
그래도 돌아가는 대관람차가 있다면

나에게 미안해서 나를 자꾸자꾸 들여다보는 거라고 생각한
다 그런데
너는 나에게 잘못한 게 없다고 믿잖아 그 생각은 정말 변함
이 없는 거지?

우리가 모험을 시작할 것처럼
학교 담벼락을 첨벙첨벙 뛰어넘었을 때

무서워하지 마 내가 말하면
무서워 하지 마 네가 답하던

그 생각에 아직도 변함이 없느냐고

폭설도 내리지 않고 새해

토마토를 씻고 물을 버렸다
그 사이 한 달이 다 갔다

내가 죽고
나에게도 애도할 시간이 필요했다

눈이 내리는 소리 대신
녹는 소리 들었다

친구들이 출근하고 퇴근하고
밥 먹고 술 먹고 울고 웃었다
그게 좋아서

박장대소

토마토는 얇게 썰어서
꿀이나 설탕 뿌려 먹는 게 맛있어
내가 제일 좋아하는 술안주잖아 기억나지?

알지
우리가 제일 잘 알지

모르면서 안다고 말하는 거
다 마음이라서

술이 잘 들어가네
나는 취해도 취한다 말 안 하는데
술 뺏을까 봐 알지?

나한테도 박수 좀 쳐 줘
잘했다고 해 줘
완전히 엎드려 절받기다

나 이제
돈 안 벌어도 되고 책 안 읽어도 되고
빨래랑 설거지 양치랑 샤워 안 해도 되고
취하지 않고 어디 가서 실수도 않고

더 많은 걸 볼 수 있겠지
꼭 그만큼 못 보는 것도 생기겠지
그래도 기다리지는 말아야지

낡고 이상한 세계에서
더 낡고 더 이상한 세계로
옮겨 가는 동안

나는 내가 잃어버린 것들을
무연히 지켜봤다

영원히 찾아 헤매겠다 생각했던 것들

무수한 별, 아름다움
어둠 속에서 맑은 물이 쏟아지는 소리
사람의 것과 사람의 것 아닌 아름다움
심장보다 단단한 토마토 한 알

기억하지 마

다시 십이월이 올 거야

우리의 뜨거운 맥박도
도무지 이어 쓸 수 없던 한 편의 시도
폭설이 다 지워 줄 거야

흥청망청
왜 이리 신이 나지?
공짜 비행기 티켓을 얻은 것처럼
노래방 애창곡 다 같이 불러 주는 것처럼
손흥민이 골 넣었을 때처럼

우리가 만나서
왜 헤어져야 하는지

슬픈 질문 앞에서 충분히 슬퍼했다면
박수와 함성

너무 고요해서 귀를 막고 싶은

깊고 눈부신 어둠 속
묻어 둔
내 예쁜 금붕어 한 마리와
우리가 살아서 나눠 가진 아름다움

잘 다녀왔어?
거짓말은 안 통하던
수많은 저녁의 기쁨

그때 내가 아름답다고 말하지 못한 것

우리가 사랑 때문에 자주 비굴해진다는 것
우리가 사랑 때문에 서로 미워한 적 있다는 것

기차 안에서 편지를 다 쓰고 눈 감은 너를 물끄러미 바라봤다
너는 함부로 아름다움을 말하지 않는 사람 잠든 것처럼 보이지
만 실은 어둠을 겹겹이 입고도 잠들지 못하는 사람

우리가 함께 있으면 가난해진다는 게 슬프지 않았다 그런
데 내가 벗어 준 마음이 가난한 것일까 봐

각자 가져온 책을 읽고
바다를 많이 보고 많이 걸었다
덕지덕지 소금 냄새 바람에 날아가지 않고

왜 자꾸 덧씌워지는 걸까 두려웠어 네가 너무 깊이 잠든 것
처럼 보일 때 표정 없는 표정 위로 드리운 구름이 내가 몰고
온 것일까 봐

그러나 너는 구름을 함부로 읽지 않는 사람 비가 내리면 조

용히 맞으며 오래오래 서 있겠지 그것이 나를 불행하게 한다
는 걸 알면서도

안목해변에서 강문해변 지나 순긋해변과 사천해변
바다도 구름처럼 수많은 이름을 가졌다

물결은 접히고 또 접히면서
우리를 새기려 하는 것 같아
이 편지는 한동안 다시 읽지 못할 것 같아

어딘가에 새겨진 우리가 비굴한 모습으로 서로 미워할지라도

기억하겠니?
바다는 아무리 헹궈도 바다라는 것
내가 너를 계속 사랑할 거라는 것

그때 네가 아름답다고 말하지 못한 건 말이야
이미 내가 아름답다고 말했다

키치죠지에 사는 죠지

한 달 월세 칠만 엔
쉐어 하우스

죠지는 망한 드라마 시청률처럼
제자리걸음이다

편의점 냉동고에 가득 쌓인 아이스크림
중에서도 가장 밑바닥에 놓인 건 꽝꽝 얼었지
영원히 그 자리에 있을 것만 같지

죠지, 빈티지는 비싸지?
중고 상품이라는 건
더 이상 구할 수 없는 상품이라는 거야

그렇다면 누구나 다 중고인데
마음은 헐값이야

구할 수 없는 마음에 대해서는
얼마나 알고 있지? 죠지,

죠지는 한국계 독일인이다
쉐어 하우스에 사는 한국인 지혜와는
친하지 않다 지혜가 워커홀릭이기 때문에

망할 워커홀릭은 죠지의 망할 꿈이기도 한데
구할 수 없는 꿈에는 어떻게 값을 매기지?

빈티지한 키치죠지,
자전거 이용자가 많지 자전거를 타고
이노카시라 공원을 가로지르는 죠지

저녁으로 츠케멘 어때?
이어폰 꽂고 시트콤 봐야지 미국식
권태와 폭소

빌어먹을 편의점에서
한 달에 칠만 엔

공원의 개미 떼가
벗어 둔 신발 속으로 입장하는
권태와 폭소

외로운 키치죠지에 사는
영원한 죠지

지혜의 뒷모습이 많은
이 동네는 좀 신식이야

SF

산책하다 발견했습니다
둥글고 통통하며 말랑해 보이는 주홍색
무슨 버섯인지 알려 주세요

RE: 산책이 아니라 산행이겠지요
사진 속의 버섯은 분홍콩먼지
쓸모없는 버섯입니다

분홍콩먼지를 검색하다 발견한 질문과 답변에 내가 다
섭섭했다

저기요 식용이 아닌 버섯은 쓸모없는 버섯이라는 건가요?
하물며 분홍콩먼지는 버섯도
식물도 동물도 아니라고 합니다" 아는 척은

쓸모없다 말하지 말아요
아메바문이나 점균류라는 말은 나도 오늘에야 알았지만
아마도 곧 잊어버리겠지만

◢ 신비한 생물사전, 분홍콩먼지에 관한 설명(http://x.com/
Luciferinoah/status/1721490164411965858)

콩은 식용인 것
먼지는 식용이 아닌 것

버섯은 식물은 동물은
분홍콩먼지는 썩은 나무에서도 일 년 내내 자라는 생물

생물의 탄생이나 진화는 어딘가 은밀한 데가 있군
은밀한 주홍빛의 내부는 감미롭겠지 감미로운 기분은 내가
나의 비밀을 떠올릴 때나 느끼는 것이니까

나도 저기서 온 것 같아
저게 내 정체인 것 같아

곰팡이는 꼭 아늑한 곳에만 피더라 먼지가 쌓이는 곳도 그래
분홍콩먼지에게 썩은 나무는 충분히 아늑할까

가끔 내 머릿속에서도
분홍색이나 주홍색 공이 멋대로 튀어 오른다

언젠가 지구인들은 화성을 지구처럼 만들려는 계획을 세웠
다는데
쓸모없는 계획입니다

내가 아는 척할 때
분홍콩먼지는 자신의 내부로 들어가
실뜨기를 한다

나는 머릿속의 공이 얼기설기 더 복잡해지도록 굴리다가
까맣게 잊어버리기를 좋아한다

오래된 기억인지 오래전 꾼 꿈인지
알 수 없어요

무슨 영화를 볼지 고르는 오후에
아무것도 아닌 오후에

영화를 고르는 일은 좋지
두툼한 이불에 파묻혀서

나는 계속해서 틀리고 싶다
고 생각하지만 그러한 생각 또한 아무것도 아니니까

봄비
하품
봄잠
버스

나는 자국을 남기는 것들이 좋더라
그런데 취향도 낡아 갈까

빗물의 농도랄지 잠의 깊이랄지
내가 알 수 없는 것들을 에워싸고 울타리를 친다

좋아하는 것들 사이에서도 중요한 것은 하나도 없다는 게
  누구라도 잘됐으면 하는 마음과 모두가 망했으면 하는 마
음이 같다는 게

  실은
나에게 마음이 없다는 것을 말해 주는 것 같았다

  빌려 쓴 마음
  왜 안 갚아

아무도 묻지 않았기에
아무렇지 않게
영화도 보고 여행도 갔다

봄비
하품
봄잠
버스

누비던
나비의 날갯짓
짓이기던 눈짓

나는 나를 밀려 써서
늙거나 죽지 않고

무엇을 물어내야 할지 모르면서
꿈과 기억의 값을 매기고 있어

꿈과 기억의 바깥에서
이 감기는 일 년째 낫지 않네
나는 오직 한 사람만 기다렸지만

"제가 가진 모든 것을 내려놓을 테니 저를 거둬 가세요"

아무도 원한 적 없는 한 문장을 우체통에 넣었지

집으로 돌아가려는데
머리에 탱자를 이고 가는 고양이 한 마리를 봤다

감기 기운인지 봄기운인지 헷갈려서
고개를 갸웃하는 사이
일 년도 가고 십 년도 갔다

텅 빈 우편함에서 탱자 냄새 희미하게 불어왔다

한양아파트

놀이터에 하트가 크게 그려져 있더라
많은 놀이터가 우레탄으로 바닥을 교체했다는데
여기는 여전히 모래

한 번에 예쁘게 그린 하트인 줄 알았는데
가까이서 보니 엉망이었어
여러 번 그어 가며 덧댄 선이었어

미끄럼틀을 타고 내려온 아이가 하트를 밟고
밟을 때마다 신발에서 삑삑 소리가 난다
벤치에는 부모들이 앉아 아이를 기다리고 있어

중고생 커플이 그네에 앉아 핸드폰을 하고
그네에서 내리면 싸움을 하네
네가 지난번에 그랬잖아
지난번 이야기를 왜 지금 꺼내

잘 걷던 아이가 넘어지고
부모가 벌떡 일어서고 여자애가 뛰어간다

아무도 울지 않는다

내일도 놀이터에 하트가 남아 있을까?
아이를 일으켜 세운 사람들은 제자리로 돌아가고
나는 제자리보다 테두리를 생각하네

지우기 위해서도 덧댐이 필요하고
짙어지기 위해서도 덧댐이 필요하다면

우레탄 심장을 가지고 싶어

나는 떠날 거야
모래가 성이 되고 무너지는 도시를
놀이터에 담배꽁초가 뒹구는 아파트를

내일 다시 이야기해
돌아서는 여자애를 남자애가 쫓아간다

심장은 밟으면 삑삑 소리가 나는구나

생각할 때
약속이나 마법처럼
석양이 폭신폭신 녹아내리고 있었다

안개가 짙은 겨울 아침에는 목욕탕에 가야 한다

뜨거운 물에 쪼그라드는 것은 스웨터뿐만이 아니지

나는 까슬까슬한 영혼을 가지고 싶다
반죽처럼 조금만 떼어 너의 등에 몰래 붙이고 싶다

잘 익은 영혼이 물 위로 둥실둥실
떠오르겠네

그런데 찰싹 붙어서 떨어지지 않으면?
모르는 아주머니가 이렇게 말할 수도 있겠지
"아가씨, 내가 등 좀 밀어 줘도 될까?"

목욕탕에서는 사람들이 유난히
희끄무레해 보이지만
나도 그 습기를 좋아해

너는 양말을 벗으면서 이렇게 말했다
"구멍은 요정이 산다고 여겨지는 곳으로
요정이 떠날 때 남기는 흔적이다"

너의 요정은 한 번 떠난 게 아닌가 보네 여러 번 드나들었
나 보네

세상에 비밀은 없다지만
목욕탕에서는 별걸 다 알게 된다
떠날 때는 새로운 비밀과 함께지 한두 번이 아니라서

구멍이 계속 커지네
음료수에 꽂은 빨대 속으로 숨을 불어 넣다가

십여 년 전 목욕탕에서 담임 선생님과 마주친 적 있어
"선생님의 심정이 어땠을지는 차마,"
심정을 심장으로 잘못 알아들은 네가 말했다
"틀림없이 쪼그라들었을 테지"

그것참
의미심장하군

그런데 로커 앞에서 아 추워 추워 중얼거리며
로션을 바르다가 정말로 깨닫는 것은
안개가 짙은 겨울 아침에는 뽀얀 국물을 먹어야 한다는 것

나의 스웨터에는 미세한 구멍들이 있는데
요정이 드나든 흔적은 아니고
영혼이 까슬까슬해서 생긴 것이다

2부

죽어서도 유망주가
되고 싶다

비상계단

　아빠를 따라 낚시를 배우러 갔어 농어나 우럭 같은 이름을 익히면서 몇 번이나 미끼를 바꿔 끼웠지 수확은 단 한 번뿐이었어 농어! 네가 농어를 잡다니 아빠 친구들은 내게 소주를 권했어 나는 깜짝 놀라 주춤주춤 물러섰고 어어 하는 사이 그대로 바다로 풍덩…… 그 뒤로 십 년이 흘렀다 십 년 동안

　나는 죽지 않고 포도밭의 포도알처럼 많은 잠을 잤다 가끔 서랍 속에서 바닷물이 출렁거렸고 검고 투명한 파도의 빛깔, 나는 봤어 해파리의 유령 같은 몸이 나를 바다 위로 띄워 올렸다고 믿어 하지만 그 일이 진짜 있었던 일인가? 그맘때 아이들은 잠시 눈 감은 사이 다른 세계에 다녀오기도 하잖아 어른들의 장난은 이따금 대수롭고 하지만 해파리는? 내가 잡은 농어는? 포를 떠서 회로 먹었던 쫄깃한 맛, 차거나 축축하지 않았지 하얗게 식은 입술 같았어

　그 입술에 닿았던 내 입술을 주우러 바다에 가는 상상을 해 상상 속에서는 내가 읽은 몇 권의 책들이 마구 찢어진다 낱장마다 접착력이 생긴 것처럼 수면에 와락 달라붙는데 바다를 덮은 나무 시체들을 갈매기들이 하나씩 입에 물어 걷어 가지 거기에 나는 없어 이야기 속에도 바닷속에도 없는 나는 안전한 배 위에서 바라만 보는 것이다 여유롭게 포도를 한 알 한

알 까먹으며……

눈을 떠 보면 나는 온몸이 젖은 채로 교실에 앉아 있다 학
생들이 나를 선생님이라고 부른다 선생님, 거기는 제 자리예
요 미안합니다, 미안해요 정중히 사과하면 아이는 울 것 같은
표정을 짓는다

망종

네가 숲이었을 때

심장 속에서 버섯을 꺼냈잖아. 그렇게 긴 속눈썹은 처음 본다고 식물도감을 읽어 주었잖아. 썩은 어금니 같은 꽃들이 지천으로 피어 있었고 "약한 불에 오래 끓이면 끈적이는 진액이 흘러나올 것이다. 죽은 나비를 곱게 빻은 가루를 섞어 삼켜라." 일러 준 점술가를 부러진 지팡이라고 불렀는데. 나는 어린나무처럼 매일 더 튼튼해졌어. 내가 건강을 회복할수록 네이름은 희미해졌어.

비 내리는 날 자주 입던 셔츠의 호박빛 단추도 그즈음부터 달랑거리고는 했는데…… 저기 저 불길 좀 봐, 아름답다.

도토리나무 아래 무덤가에서

금방이라도 바스러질 듯 낡은 종이에 끈적이는 게 묻어 있었습니다. 아무리 흙을 걷어 내도 글씨는 흐릿하고, 달콤하면서 쌉쌀한 냄새가 났어요. 쪽지를 접어 셔츠 주머니에 넣고 나니 어스름이 지더군요. 다 사라진 줄 알았던 반딧불이가 떼 지어 나타났어요. 노랗고 환한 빛을 깜빡거리며 한동안 제 눈앞을 돌았지요. 그 궤적이…… 꼭 모스 부호 같았습니다.

그날 밤 꿈에선 수천의 별이 부서져 내렸습니다. 저희 지붕과 함께요.

어두운 기체로 가득 찬 유리잔이 놓인 흔들의자

너도 들어 본 적 있니. 그 사내 이름이 도무지 떠오르지 않는다. 그런데 오직 하나 남은 기억이 이런 것이라니. 길가에 버려진 슬레이트 지붕처럼 거추장스럽구나, 뒤집으면 녹물이 흘러내릴 옛날이야기. 너는 그런 걸 좋아했잖니. 온종일 무릎 위에 앉혀도 빨간 실뭉치처럼 얌전하던 내 딸아, 너는 아직도 겨울의 눈동자 속에 사니? 아직도 날마다 속눈썹을 줍니? 털실로 목도리나 스웨터 따위를 뜨다 보면 어디선가 네 잠꼬대가 들려 와. 그래서 매일 뜨개질을 하는 거란다. 이제 곧 여름인데

겨울옷만 가득한 옷장 밑에서 물이 번져 나온다.

하필이면 죽은 사람이 보낸 편지

이런 건 도무지 배달하고 싶지가 않다.

초등학생 아들이 장래 희망 설문지에 이름 없는 우체부라고 적었다는군. 동화를 너무 많이 읽었나 봐. 한여름에 창문 없는 우체국이 지옥이라는 건 모르겠지. 내 말에 동료들이 깨

진 이파리처럼 웃는다. 땀에 젖은 셔츠를 팔락이다 단추가 떨어졌는데. 의자 바퀴가 밟고 지나간 뒤에야 알았다. 무언가 부서지는 소리

에 잠시 독버섯을 씹은 표정이 되었다가, 자네도 차 한잔 마시겠나? 동료의 물음에 고개를 끄덕였다. 이거 느릅나무 껍질로 우린 차야. 몸에 좋아.

찻잔 속에서 숲이 불타는 풍경
그래, 오래전에 맡아 본 냄새야.

보랏빛 안개 흰 사슴

　선술집에서 소주를 마시고 홀로 집에 가던 길이었다. 나는 휘청거리지 않을 만큼만 취했는데, 언제부터인가 웬 흰 사슴 한 마리가 자꾸 따라왔다. "어이, 네 갈 길 가라고." 손을 휘저으면 흰 사슴은 잠시 걸음을 멈추는가 싶더니 다시 나를 따라왔다. 하는 수 없이 나와 흰 사슴은 약간의 거리를 둔 채 계속해서 걸었다. 취기 때문인지 안개 때문인지 갈 길이 아득했다. 오랫동안 잊고 지낸, 헤어진 연인을 떠올릴 만큼…… 성북천에서 풍겨 오는 물비린내. "어이, 그렇게 숨죽이지 않아도 괜찮아." 내가 말했지만 흰 사슴은 고요하기만 했다. 가냘프지만 단단한 다리를 끝없이 움직일 뿐. 나는 그 발소리를 듣다가 덜컥 무서워졌다. 이렇게 늦은 새벽에 헤어진 연인이 술에 취해 전화라도 걸어 오면 어쩌지? 지나가던 할머니가 나를 힐끔 보더니 쯧, 혀를 차며 중얼거렸다. "젊은 청년이 어쩌다가." 할머니는 담배에 불을 붙이고 한 모금 깊이 빨아들인 뒤 흰 연기를 내뿜었다. 안개는 점점 더 자욱해져 갔다. 거의 보랏빛에 가까울 만큼……. 왜인지 나는 아까의 선술집으로 돌아가야겠다는 생각이 들었고, 그곳에 중요한 무언가를 두고 왔다는 것을 깨달았다. 그것은 고작 낡은 실반지였지만 고작 낡은 실반지일 뿐은 아니어서 갑자기 눈앞의 모든 것이 너무도 중요하게 느껴졌다. 혹시 흰 사슴이 바로 그 실반지를 가져다주기 위해 나를 따라오던 것은 아닐지? 그런 의문과 기대감과 함께 고개를 들었을 때 흰 사슴은 이미 보랏빛 안개의 심장부로 걸어 들어간 뒤였다. 칼국숫집과 중국집 사이를 가로지르는 동안, 나는 문득 미아가 되어 있었다.

홀로그래피

외로운 날씨에는 날개뼈를 짚어 보다 전화를 건다
너는 오늘 읽은 괴담에 대해 말한다
사람으로 둔갑한 사람이 있다더라

스탠드 아래로 장맛비 같은 불빛이 쏟아붓고
나는 구체적으로 젖고 있어

천장으로 가끔
투명한 물고기가 지나갔는데
네가 보낸 것이라 생각하면 귀여웠다

단순하게 살고 싶어
무서운 이야기를 무서워하면서
무릎을 슬픈 부위라고 생각하면서

그런데 어쩌지
나는 너무 운이 좋다

MP3로 가리온의 회상을 들으며 수업 시간을 허비했을 때

부터
　친구가 없으니 귀신을 안 봐도 되고 회상할 미래가 없으니
안 죽어도 되고
　너는 맞아 맞아 맞장구를 쳤다

　너를 해부해 보고 싶다 네가 좋으니까

　연구실이나 실험실에 누워
　몸을 떨 때나 음악에 가까워진다는 게
　인간적이잖아

　밤이 되면 창문을 열고 달 냄새를 맡는다
　(너무 멀어서 느낄 수 없다는 건 핑계다)

　수학과 물리를 몰라서
　별과 별 사이의 거리를 이해했다

　(내 꿈은 아역 배우였어 시간이 없어서 꿈을 이루지 못했다
고 말하면 사람들은 쉽게 이해하더군 어떤 때에는 핑계를 지

어내려고 꿈을 이루지 않기도 했다)

　죽어서도 유망주가 되고 싶다

　스탠드 불빛이 방의 옆구리로 새어 나가고
　나는 도무지 외롭지가 않다

　전화를 끊고 나니 몸이 조금 흐릿해져 있다
　이것을 자랑해야겠다

세계가 도둑맞은 기분을 훔치려 들 때

꿈에서 돈 많은 할머니가 나를 지켜 주었다
우리 아빠가 할머니의 은인이라서
처음으로 아빠한테 고마웠다

내가 어느 잘생긴 예술가와 잘되고 싶어 할 때 할머니는 내
게 비싼 옷을 선물해 주었고 그것은 잘생긴 예술가보다 아름
다웠지

어려운 일이 생기면 언제 어디서든
내 앞에 돈 많은 할머니가 나타났다

할머니는 비싼 옷과 보석, 반짝이는 구두, 아끼는 만년필,
이국의 음악, 아빠가 줄 수 없는 많은 것을 주었고
나는 이제 돈 많은 할머니가 되고 싶어졌다

할머니의 캐시미어 머플러가 스코틀랜드산인지 이탈리아
산인지 속속들이 알고 싶었지

세계지도에 없는 나라에서 왔다고 할지라도

그곳이 나의 고향이 되고 휴양지가 되고 죽을 자리가 되고
그렇게 내가 돈 많은 할머니가 될 수 있다면

가난하고 영특한 소녀를 돕기 위해
빚이라도 지고 싶은 마음

아빠는 돈 많은 할머니를 어떻게 만나 어떤 도움을 주었을
까? 아빠, 묻고 싶지만 돈 많은 할머니에게는 아빠가 없었어

어떤 결핍이 나를 완전하게 만들어 줄까? 나는 이제 할머니
의 결손까지도 탐이 나는데 도무지 이 꿈에서 깨고 싶지 않은데

초대한 적 없는 내가 왜 내 꿈속에서 불행해져 가는지
손목의 시계를 풀어 그 소녀에게 쥐여 주며
제발 꺼지라고 빌었다

스틸, 스틸, 스틸

소울 컴퍼니의 스틸 어 팀 듣던 초등학생은 빅뱅의 스틸 얼
라이브 듣는 중고생이 되었고 이제 이장욱의 스틸 라이프 시
를 읽네

내가 좋아한 몇몇 뮤지션은 감옥에 갔고 출소를 했네 나도
사랑과 응원을 전폭적인 지지를 보내 본 적이…… 받아 본 적이

그리고 노인이 되었어 노인이 되어서 아이일 때 듣던 노래
를 듣는다 어느 기억을 회상하며 나뭇잎처럼 흔들릴까 고민
이 깊어 가는 밤

밤의 소울 컴퍼니
밤의 빅뱅
밤의 이장욱

이장욱이라면 지금쯤 뉴욕이나 이집트의 오래된 거리를 걷
고 있을 수도 그곳에서 소매치기와 시비가 붙어 침울해하다
돌연 나는 사실 야쿠자일세! 외칠 수도

그러나 돌아오는 말은
　　소까
　　소오네

　　내가 좋아한 몇몇 뮤지션은 소까보다 좃까……를 중얼거릴
것 같소만

　　어쨌든 나는 이런 상상이나 하는 시시한 노인이 되었지 어
딘가 낯익고 그리운 이야기 아닌가?

　　단 한 번 여행을 떠나 보았다네 강철처럼 빛나고 캄캄한 감
옥이었어 누군가는 밤이나 음악이라고 부르기도 했지 나는
그곳을 절간같이 산뜻하게 이해했다네

　　육백 년을 산 은행나무의 뿌리 같은
　　아, 번뇌

　　반야심경을 외우다가 깜빡 졸아 버린 스님의 당혹감
　　꿈에서 야쿠자가 되어 버린 스님의 그리움

소오데스까

아이일 적에 이해한 것을 노인이 되어 잊기 바쁘네 물론, 나의 아이가 유물론자가 되어 가는 것을 슬퍼하지 않지 내게 는 아이가 없으니까

그러니 돌연 볕 좋은 곳으로 가, 소매치기라는 마지막 꿈을 꾸어 보기도 하는 걸세 내가 훔치고 싶은 것은 형이상학, 젊음 이나 영원은 아니고 한 권 시집이나 한 소절 멜로디는 더더욱 아니지

내가 모르는 야쿠자는 해탈의 경지에 올랐다네 삶과 죽음 은 한패이니 살며 죽고 죽으며 사는 자는 이미 극락왕생이라

못해도 육백 년
소오데스

이것이 내가 만든 자기만의 감옥이라네

디올 전속 디자이너가 내 옷을 만들어 줘야 한다고 생각한다

돈 좀 빌려줘

가끔 애인의 딸이 되는 상상을 한다 우리가 어디까지
서로에게 상처 입힐 수 있는지 궁금하지 않지만
네 수염 다 뽑아 버려도 화 안 낼 수 있어?

교수한테 내가 쓰다 만 시를 이어서 쓰라고 한다든지
집주인한테 이 집 내 거지? 문자를 보낸다든지
엄마한테는 친구랑 맛있는 거 사 먹으라고
이만 원 쥐여 주고 싶네

의사한테는 나 올 때까지
시리얼 말아 놔 눅눅해지지 않게 시간 맞춰서
말하고 싶다

대통령은 뭘 할 수 있나
내 고양이 똥 치우고 화장실 모래 좀 갈아
나 왔을 때 우울한 표정 짓고 있으면
죽을 줄 알아

그리고 나
디올 앰버서더가 되고 싶다

일론 머스크가 내 재산 관리를 맡고 내가 탈 차는
테슬라 대신 페라리

시는
방학이 끝나기 전까지 완성해 놓도록

내가 내 인생 잠깐 빌려주는 거니까 다들
부담은 안 가졌으면 좋겠네

오늘 있을 파티는 격식이랄 게 없으니까 편하게
편하게
공연하러 와, 포스트 말론

수염은 말끔히 밀고

검은 고양이와 자객

침대에 모로 누워 울다가 씨발! 하고 외쳤다
씨발…… 나직하게 읊조릴 수도 있었지만
누구라도 들어 주었으면 해서 소리를 질렀어
검은 고양이를 제외하면 집에는 아무도 없었고 내가 울든
말든
검은 고양이는 똥 싸고 물 마시고 제 몸을 할짝거렸다

왜 아무도 없지?
집을 나설 때마다 고개를 갸웃했다 사람과 사람 사이를 통
과하면서도
세상이 나를 자객으로 육성하고 있다……고 생각했다
내가 숨지 않아도 세상은 나를 숨겨 준다는 것, 아아 안전해
그런데 나는 왜 한겨울에도 맨발에 슬리퍼만 신는 걸까 발
끝에서 가볍게 달랑거리는
슬리퍼를 신고 빗길 위로 미끄러진 적이 있는데
누구라도 죽이고 싶은 날에는
세상이 온통 자객 같았다

그런데 그냥

누워서 비 구경 했어

창가의 침대에서도 비 내리는 거리에서도, 아아 시원해

고양이가 물 먹는 소리가 들렸다 나의 검은 고양이는 빗물을 좋아하는지 깨끗한 물을 좋아하는지

아니 물을 좋아하긴 하는지 알 수 없었다

나, 태어난 지 서른 해가 되어 가는데

여전히 태어난 게 저주스럽다

나에게 어떤 세상을 좋아하는지 묻는다면 우선

세상을 좋아하는지부터 물어봐야 하는 거 아니야? 되물을 것이다 그런데

왜 아무도 없지?

들어 줄 사람이 없기에

아프면 아프다고, 슬프면 슬프다고 말하지 않았다 그저

정체를 들킨 자객처럼

씨발……을 견딜 뿐이었다

두 번 다시 태어나고 싶지 않은데 왠지 또

태어날 것만 같다 검은 고양이처럼 웃지도 않고
사근사근한 맛이 없는 애로

나의 검은 고양이는 자객이 잘 어울리겠지만
되지 않아도 좋다

그냥
슬프면 슬프다고
자신의 애처로운 피부를 핥아 주었으면

하는 바람 위로
조금도 애처롭지 않은 피부 위로
검은 고양이의 까슬까슬한 혀가 닿았다
방금 물을 축인 혀는 축축하고 따뜻했는데, 그 내밀한 혀가

그만 울고 어서 나를 좋아하기나 해

온 세상을 향해 말하는 것만 같았다

이 봄밤은 왜 나의 봄밤이 되지 못하는가

구운 떡을 분홍색 접시에 담아 나눠 먹자
군데군데 노랗게 그을린 흰 떡을
오래오래 씹는데 삼켜지지가 않는다

십 년 전인가 친구가 내게
남자 친구와 헤어져 달라고 부탁한 적이 있다
살결이 희고 멀끔한
남자 친구를 좋아한 줄 알았는데 나를 좋아했다더군

너는 조는 사람처럼 고개를 끄덕끄덕한다
이다지도 여상한 봄밤에 산을 오른다면 틀림없이 도깨비와
마주칠 것이다
그래그래, 형광등 불빛 깜빡거린다

인간이 어둠 속에서도 잘 보이는 야광 물질이라면 어떨 것
같아?
인간은 원래 환한 곳에서
더 안 보여 바보야

그런데 그 도깨비, 십 년 전에 헤어진 남자 친구 얼굴을 하고 있으면?
  그것이…… 아직도 살아 있다고?

  내가 딱딱한 떡을 씹은 표정을 짓자 너는 입 벌려 웃는다
  너의 치아가 야광 물질처럼 빛난다 조금 열어 둔 창문 틈으로
  바람은 몰래 드나들지 않는다

  냉장고에서 캔맥주를 꺼낸다 노란색 분홍색 꽃이 프린팅된
  표면이 차갑다 봄은 너무 물큰한 계절이야 사람들이 자꾸 죽
  어 나가고……

  그런데 축하할 일도 너무 많지
  그 친구, 곧 있으면 결혼을 한다더군

  어두운 유리창에
  우리의 흰 얼굴이 귀신처럼 동동 떠다닌다
  어쩜
  밤 벚꽃은 더 아름답네

지난겨울 나는 팥죽을 쑤어 먹고 호랑이가 되고 싶었다
어제는 약초 냄새 구름처럼 풍기는 산신령이 되고 싶었고

내 것이 아니거나 내가 아니어서 더 아름다운 게 있지

이따금 길을 걷다 버려진 빗자루를 발견하면 생각한다
어느 녀석이지?

시간이 점점 말랑해져 간다 아주 오래 씹은 구운 떡처럼

봄밤,
더 멀고 더 깊은 곳으로

내 떡 크냐?
응, 내 떡보다 크다

축하를 말하기 전에

분홍색 스니커즈를 신고 길을 나섰을 때는 해가 기울고 있었다 해가 완전히 져 버리기 전에 벚꽃이 모두 쏟아져 내리기 전에 축하를 말해야 했는데

아직도 울고 있니?

왜 그런 말만 생각났을까

회사는 잘 다니고 있어? 사람들이 너에게 잘해 줘? 며칠 재택근무를 하기로 했다고, 어디가 아픈 거야? 아프지 마

근심 어린 말들 말고 축하를 해 줘야 했는데

퇴근길에 오른 사람들이 나를 밀며 스쳐 지나갔다 계단이 와르르 놓인 육교를 간신히 건넜다 멀리서 봤을 때는 불 켜진 줄도 몰랐던

꽃집에 들러 튤립을 샀다 살아 있는 꽃의 냄새가 났다

네가 이 냄새를 좋아했으면 좋겠다 기쁨과 슬픔을 마음껏 누렸으면 좋겠다

몇 날 며칠이고 기다려 온 오늘이었으면 좋겠다 기어코 오늘이 당도한 것을 네가 놀라워한다면

싫을 것 같다

한 번도 꿈꿔 본 적 없다는 듯한 표정 짓지 마

닳고 닳은 스니커즈 밑창보다 나는 네가 더 기특해

아니 아니, 이런 말 해서 미안해

다른 특별한 일은 없어?

비도 오지 않는데 벚꽃이 우수수 떨어질 때 바람의 부피를 생각했다 벚꽃도 바람처럼 종류가 여럿인 걸 아니? 튤립의 꽃말이 여럿이라는 걸, 너는 어떤 꽃말을 마음에 들어 할지

어떤 꽃말도 너의 하루보다 중요하지 않다는 걸 말해야 했
는데, 축하를 말하기 전에

죽어 버려

새벽마다 소리 지르며 잠수교를 달렸을 때 나는 네 나이였어 호흡기 질환을 달고 살았지 애인들의 자서전을 써 주곤 했지만 그들은 나를 이전 페이지에 남겨 두고 떠났어

애인들에게는 보여 주고 싶지 않던 고시원 방, 옥상에 올라가면 가지런히 걸린 빨래들이 왜 그렇게 너저분해 보이던지 어둠에 잠긴 빛들이 곳곳에서 웅성거렸어 이렇게 많은 빛, 건물이라니 그러나 가장 큰 건물만을 식별할 수 있었던 낯선 서울, 서울에서 사귄 친구들은 왜 그렇게 요절하고 싶어 하던지 오직 스스로에게만 죽어 버려 소리 지르던 나와 내 친구들, 이전 페이지에 남겨 두고 나는 떠나왔어

새로 사귄 친구는 서울 출생에 너랑 동갑, 세상이 멸망해야 한다고 하더라 그 친구는 애인도 없고 가족도 없대 개와 고양이를 좋아한대 요리를 아주 잘하는데 창밖으로 마당이 내다보이는 부엌을 가지고 싶대 마당에서는 이름 모를 나무가 튼튼하게 자랐으면 좋겠대 그러다 어느 날 놀러 온 친구가 저거 배롱나무네 하고 알려 줬으면 한대

너에게는 어떤 바람이 있니? 궁금해하며 빨래도 하고 점심
도 먹고 음악도 듣는 하루, 이 하루가 마지막이라면 어떻게 하
겠니?

나라면 멸망에게 말하겠어
죽어 버려 강도 같은 너에게 내어 줄 건 아무것도 없어

너는 네 집 앞에 고여 있는 빛의 종류를 궁금해했잖아 너의
이마를 손등으로 짚어 보았더라면 해열제 같은 노을빛을 나
눠 줄 수 있었을 텐데 쪽빛 바다의 고래나 극지의 북극곰, 달
빛을 받고 자란 식물에 대해 이야기해 볼 수도 있었을 텐데

새로 사귄 친구는 언젠가 오랜 친구가 되어 있을 거야 혹은
그게 누구더라 생각할 만큼 멀어져 있겠지 그래도 각자의 집
에서 빨래를 하고 점심을 먹고 음악을 듣겠지 평생 기르지 않
기로 한 고양이가 내 손에 얼굴을 비비네 어쩜 이렇게 작고
따뜻할까? 의아해할 때 어딘가에서는 촛불이 켜질 거야 쬘 수
도 없는 작은 불이지만 일부러 꺼뜨리지만 않는다면

눈앞에서 오래오래 흔들릴 거야

내게 남은 페이지가 없는 것 같았을 때 나는 몸에 타투를 했어 가족과 촛대를 그려 넣었지 우리가 가지고 놀다 버린 이십 대, 아직 그렇게 남아 있는데

여전히 너를 만날 수 있다고 생각하면
나는 지구를 사랑해

우주 사랑해

세계 사랑해

서울 사랑해

배롱나무 사랑해

모든 페이지에 같은 이야기만 적혀 있다고 해도
모든 의미를 사랑해로 바꿔 읽는다면, 이를테면

죽어 버려

끝, 같은 건 상상 속에만 있고 우리의 상상 때문에
우주가 우리를 떠나지 못했으면 좋겠어

3부

미래가 태어나려면
필요한 일들이었다

한 가지 비눗방울

질리지 않는 건 없어

세탁기 안에 커다란 쿠로미 인형을 넣고 돌린다
쿠로미는 비눗물 속에서 패대기쳐져도 처참해지지 않네

어제는 친구들에게 나눠 줄 책갈피를 만들었지
구슬을 주렁주렁 매달수록 무거워지는
기쁨

바닷가의 모닥불을 상상해 봐
빛나는 것은 넘치지 않아

그런데 왜 추운 곳에서 더위를 생각하거나
따뜻한 곳에서 추위를 생각하는 건 쉬울까

검은 머리가 파뿌리 될 때까지 사랑할 수 있겠냐는 질문
들으면 나는 배로 갚아 주고 싶어질 텐데

처참해진 뒤에도 얼마든지 더 처참해질 수 있다는 것 또한

하나의 가능성이라면

처참한 사랑은 사랑이 아니라고 말할 수 있을까

한겨울 밤 반소매 티셔츠만 입고
도로변에 오랫동안 서 있었다는 내 이야기를 들은 의사가
자해라고 했다 나는 나한테 질렸을 뿐이었는데

사랑이 아니라고 말할 수 없어서
깨끗해진 인형을 품에 안고 울던 날도 있었지
세상의 모든 기쁨이 빛날 필요는 없단다

할머니 돼도 친구들한테 책갈피랑 키링 만들어 주고 싶다
바닷가는 아니더라도 벽난로가 있는
미래가 넘치는 집에서

가벼운 노크

몇 년 전 죽은 친구가 우리 집으로 햄버거 배달을 왔다. 그와 나는 서로를 마주 본 채 당혹감을 느껴야 했는데, 그건 내가 햄버거를 주문한 적이 없기 때문이었다. 우리는 약간 멋쩍어하며 잘 지냈어, 친구? 인사를 나눴고 오랜만이야 악수를 했다. 잠시 집에 들어와 앉았다 가라고 말했지만 그는 다음 배달이 있다며 손사래를 쳤다. 이거 아쉽게 됐네 말하며 머리를 긁적이는데 불현듯 그와 내가 대학 시절 함께했던 밴드 동아리가 떠올랐다. 드럼 치던 녀석이 며칠 전 아기를 낳았다는 소식을 말해 줄까 말까 고민하는 사이, 빨래를 너느라 열어 둔 베란다에서 찬바람이 훅 끼쳐 왔다. 나는 왼팔을 오른손으로 문질렀다. 그는 빙그레 미소 지으며 입을 열었다. 그 녀석은 좀 더 행복해져야 해. 그럼그럼. 부드러운 대화 속에서 우리를 감싸안는 건 짭조름하면서도 고소한 감자튀김 냄새일 따름이었다.

남영

이어폰을 뚫고 들려오는 빗소리가 폭죽 소리 같네 지글지
글…… 나의 우울이 지긋지긋하다 그래서 귀에 이어폰을 꽂은
것인데 웬걸 빗소리를 끌 수는 없잖아

남영은 제주도로 이사 간 뒤 내게 놀러 오라고 오라고 와
달라고 여러 번 전화를 걸었다 하지만 내가 제주도에 가기도
전에 남영이 서울로 잠시 놀러 와 우리는 복덕방 차양 아래
나란히 서 있는 것이다

—내가 수확한 귤이야 한 봉지 가져가
—뭐라고?
—이어폰을 빼
—이 귤은 엉덩이가 연둣빛이네
—귤한테 엉덩이라니
—사실 나도 엉덩이가 파랗다
—거짓말하지 마
—의심이 많은 걸 보니…… 너 제주도 사람 같다

내 말에 남영은 표정을 굳히고 부정했다 아니, 나는 아직

제주도 바닷가에서 돌고래를 보지 못했어 그러니까 완전한
도민이라고 할 수 없다 썩 진지한 대답이었지만 도민이라는
말을 사용한다는 점에서…… 도민 같다

남영에 따르면 제주도 바닷가에 서식하는 돌고래에 익숙해
져야만 진정한 도민이라고 할 수 있다 그렇다면 진정한 서울
시민은 1호선에 출현하는 빌런들에 익숙해져야 하는 게 아닐
까? 순간 나는 진정한 서울 시민이 아니라는 사실을 깨달았다

외지인

이 도시 속 나의 정체성이며 내 엉덩이가 파랄 수밖에 없는
이유다 나는 우울한 귤을 까먹으며 시다 시다 했다 파랗고 신
데 차갑기까지 하다니 이거 완전히…… 엉덩이가 따로 없군

—애인이 나는 엉덩이만 차갑대
—너 어른이구나 애인과 엉덩이를 공유했어
—확실히 빗발이 거세지고 있어

굵은 빗방울이 촘촘히도 퍼붓는다 금방이라도 차양이 뚫릴 것 같다 실은 복덕방 주인이 문 앞을 가로막은 우리를 아까부터 노려보는 중이다

문득 복덕방에서 로또를 사는 건 외지인은 하지 않을 법한 행동이라는 생각이 들었다 우리는 자동 로또 한 장씩을 사서 주머니에 넣었다 귤이 든 봉지를 안고 빗속을 뛰었다 오 분만 뛰면 내 자취방이야

*

그날 밤 샤워를 하고 남영은 내 옆에 돌아누웠다 남영의 엉덩이는 차가울까 따뜻할까 아마 따뜻할 거야 지글지글…… 보일러를 틀었으니까 제주도에서 귤을 구워 먹는다는 건 흔한 이야기고 겨울비는 좀처럼 멎지 않는다

—나는 제주도 바닷가에서 처음 돌고래를 함께 본 사람과 사랑에 빠지겠어
—남영아, 사실 내 엉덩이 파란색 아니야

―알아

―애인은 나를 많이 사랑해

―그것도 알아

―그런데 나는

―안다니까

나는 내 원룸의 빌런이야 그 말을 듣자 남영은 내 엉덩이를
꼬집었다

털실로 뜬 시계

지민이는 뜨개질의 귀재여서 털실과 코바늘만 있으면 뭐든 뜰 수 있다 가방을 뜨고 목도리를 뜨고 모자를 뜨고 티 코스터를 뜨고 밥 한술 뜨고 다시 가방을 뜨고 목도리를 뜨고

지민이의 책장은 색색의 털실로 빼곡하다 각자가 너무 긴 한 줄일 뿐인데 하나같이 무구하고 무진해 알 수 없는 꼬임이 멈추지 않아서

눈 코 입을 뜨고 인형을 뜨고 집을 뜨고 도시를 뜨고 미국을 뜨고 내일을 뜨고 다음 세기를 뜨고 한 코 두 코

빠뜨릴 때마다 되돌아가는 일은 자꾸만 과거를 떠올리게 하지만 지민이는 털실이나 책장에도 과거가 있다고 생각한다 책장의 과거가 미국 소설책이라면

미국 소설책에 뜨개질의 귀재 지민이가 나온다면 지민이는 털실로 만든 피자를 먹고 털실로 만든 콜라를 마시고 뉴욕타임스와 인터뷰를 하고
다시 코바늘을 쥐고 미래를 떴다는

이야기를 할 수 있겠지

 털실은 저 혼자 풀리다가 도로 몸을 말고 지민이의 무릎에
올라가 앉기를 좋아한다
 지민이가 어서 만져 주기만 죽은 듯이 기다리는 일을

핑크 뮬리

고등학생 때 선물로 받았지 라벤더 향이 나는 로션 말이야 몸에서 나쁜 냄새가 나면 친구들이 싫어할 거라고 선생님이 주시더라 나는 그걸 어딘가에 짜 놓았다가 굳혀 먹기를 좋아했는데 연수는 후후 불어 식혀 먹기를 좋아했다 후후 입술 사이로 빠져나가는 향기, 두 번째 러브 레터에도 스민, 기억나? 장례식에 핫팬츠를 입고 갔다가 야단맞은 일

밖으로 뛰쳐나가 울었지 누군가가 나에게 제정신이냐고 물었고 나는 연수에게 문자를 보냈어 네온사인 불빛들 번쩍이는 골목에서 연수가 사탕을 물려 주길래 침이랑 같이 뱉었다 그때, 봄바람이 살랑거렸던 것도 같은데 연수야, 나는 언제쯤 이 도시를 살아 내는 방법을 터득하겠니? 더는 핫팬츠를 입지 않지만 내게도 스타일이라는 게 있어

핑크 뮬리, 체리 향 볼펜, 메리제인 슈즈, 라벤더 맛 사탕 그런 걸 꿈꿀 때면 수백 가지 억양의 고백이 붕대처럼 풀려 나왔는데 내가 휘청거릴 때 연수는 보란 듯이 넘어졌다 일찍이 나는 알았지 집이나 학교가 가장 안전한 장소라는 생각이 착각인 것을

오래전 나는 핑크 뮬리가 영원히 흔들리는 정원에 나를 가
둔 적이 있어 그곳으로 통하는 문의 열쇠를 연수에게 주었고
연수는 내가 행복하다고 믿었다

믿을 수 없이 가까운 믿음

먼 곳이라고 하면 어디까지 떠올릴 수 있어?

미국이나 나사나 우주를 말할 수도 있겠지만
나는 화장실, 위장, 가을, 도착할 거라는 믿음, 그리고 소은이

한 번쯤은 소은이가 되어 보고도 싶었는데

소은이는 정체를 숨기고 오로지 필명으로만 활동하는 천재
작가 그림도 그리고 사진도 찍고 소설도 쓰는
이걸 내가 왜 아냐면 소은이와 친구여서는 아니고 소은이
를 내가 만들어 냈기 때문이다

좋은 것만 먹고 좋은 것만 보고 좋은 것만 듣고 살아
소은이가 내게 조언해 주었다

그 말을 들은 나는 좋아하는 것이 없어서 소은이를 만들어
냈다 소은이는 동두천에 살고 나보다 한 살 어리다 이것을 소
은이도 좋아해 줄까?

열두 살에 마트 경품 추첨에서 최신형 컴퓨터를 따낸 적 있는 소은이, 그 뒤로 쭉 불운했기에 결국 나를 찾아와 하소연했다 컴퓨터 말이야 불량이더라고 심지어 그 모델은 더 이상 생산되지 않아

좋은 것만 생각해야지, 소은아 그러라고 너를 만들었는데 이러면 내가 난처하지…… 내 말에 소은이는 나를 공중화장실로 끌고 가 두들겨 팼다 그때 화장실은 그다지 먼 곳에 있지 않구나 깨달았다

그렇다면 정말 먼 곳은 어디에 있지?

그걸 모르겠어서 소은이를 만들어 냈다 소은이는 천재지만 아무도 알아주지 않다가 사후에 유명해진다는 설정이다

여기까지 적고 내가 흡족해했을 때 소은이가 말했다 정말 그렇다는 듯이 쓰는 게 아니라 정말 그렇게 믿어서 써야지……

아
아아 그렇구나

　나는 소은이가 옆집 사는 이웃이고 주기적으로 봉사를 다
니는 선량한 사람이며 아무리 곤궁해도 깨끗하게 옷을 다려
입는다는 사실을 깨달아 버렸다

흩어지지 않는 마음

영은이는 언 강을 오래 바라보았다
햇빛에 녹지 않는 얼굴 왜
얇아 보이는지

살얼음에 대해 생각해서인지
어디선가 물이 졸졸 흐르다
멈추는 소리가 들렸다

나는 땀을 흘렸다
날카로운 바람이 온몸을 파고들었지만

영은아, 이제 가자
여기선 할 수 있는 게 없어

영은이는 왜인지 순순히 발길을 돌렸다
딱딱한 강물을 만져 보고 싶다거나
강 너머 산은 어떻게 무너지지 않고
떡하니 버티고 있는 것이냐고
하지 않았다 나에겐

그런 영은이가 길다
길었다고 생각한다

녹지도 않고
깊은 물
깊은 구름

어떻게 되돌아가지?

공기는 쉴 새 없이 우리를 헹궈 냈다
언 강의 표면에서 빛과 색채가
기척 없이 달라지고 있었다

요정의 파라솔

혼잣말이 저 혼자 쌓이더니 거대한 뿔 모양이 되었어

남편은 내가 모르게 코를 감싸 쥔다
여보, 맨 아래 희귀한 버섯이 더덕더덕 피었어요
중간층에서는 꿀과 잼이 흘러요

꿀과 잼에 갇힌 거미를
남편이 예뻐해 주었으면 좋겠다
그리고 엉킨 머리카락들

내가 활짝 웃으면 층마다 하나둘 문이 열린다
　누군가가 걸어 나와 인사하고 다시 들어간다 전 남편이 신
경질적으로 뛰쳐나와 조용히 하라고 말한다 그리고 남영이가
같이 놀자고 이리로 들어오라고 남편과 나를 초대한다 하지
만 남영아

너는 내 혼잣말이잖아
중얼거리면 어느새 머리채를 잡혀 끌려가는 것이다
나는 남편의 손목을 꽉 쥔 채

문 안쪽으로 들어가자 먼저 와 있던 영은이가 책장 넘기는
소리, 뭔 소리야?
　알아서 처먹어
　남영이가 커다란 냄비를 가져와 식탁 위에 쿵 내려놓는다
　뚜껑을 열면 김이 펄펄 난다 남편은 다시 한번 코를 감싸
쥔다 아는 냄새인데
　너 혹시 연수를 끓였니?
　영은이가 책을 닫으면서 대답한다
　아니야 연수는 책 속으로 들어갔어 좀 잔다더니
　자꾸 뭐라 뭐라 말하잖아

　또
　알아들을 수 없는 말을 하는군

　나는 고개를 끄덕이고 남편은 소은이를 힐끔거린다
　소은이는 느슨하게 올려 묶은 머리에 붓을 꽂은 채
　지민이 얼굴에 화장을 해 주고 있다 지민이가
　웃음을 참는다

남편은 어느새 남영이가 끓인 스튜를 그릇에 하나하나
퍼 담기 시작한다 좀 드세요 호스트처럼
대접이라도 하시게?

천장에서 꿀과 잼이 한 방울 두 방울 떨어지길래
자세히 들여다보니 구멍이 나 있다
작은 벌들이 윙윙거린다

영은이가 기르는 것이라는데
소은이가 몰래 몇 마리 죽였다고 나에게 속삭인다
남영이는 아직 벌들의 존재를 모른다
지민이는 간지럽다
남편은 즐겁다

나는 이만
꼭대기로 올라가고 싶은데

너희가 너무도 행복한 것이다

눈물을 흘리면 꿀과 잼이 엉겨 붙은 책장 사이로 연수가 기어 나온다 뭔가 소중한 것을 건네주듯 내 손에 거미를 올려 둔다
이건 우리의 혼잣말이야

혼자서도

우글우글 걸어 다니는 거미가 귀엽다 나는 거미에 대해서라면 일 년도 넘게 떠들 수 있지만 언젠가 나의 아름다운 뿔은 뚝 하는 간결한 소리와 함께 부러질 것이다 벌들은 노력하겠지만 지민이가 돈 벌러 떠나고 남영이가 나를 잊고 소은이가 자살하고 영은이가 연애를 한다면 연수가 말하기를 멈춘다면

남편에게는 이 거미를 보여 주지 않을 것이다 아래층에서 자란 버섯의 이름을 알려 주지 않을 거고

내가 너희의 혼잣말이 되어 가고 있다는
생각을

꼭대기에 걸고
생각이 거느리는 풍경을 본다

진흙 속에 구멍을 뚫어 대는 예쁜 지렁이와 개미와 남편

눈도 내리지 않는데 고백

나는 열심히 부끄러워 봤어
동경하는 언니에게 편지 쓸 때 멋 부렸던 거
너 나를 이렇게 봤니 자지러지는 언니 앞에서 따라 웃었던 거
같은 반 아이들과 어울리고 싶어 발신자 표시 제한 문자를
보냈던 거

우리가 비슷하다는 게 위로된다 그렇지?
동의를 구할 때마다 뭔가가 켕긴다는 게

너의 향수와 같은 향수를 뿌려 봐도
나에게서는 다른 냄새가 난다

술을 많이 마셨나 봐
그런데 늘 나만 취하네
그 사람과는 꼭 헤어져

되는대로 말하고 마시고 웃는 동안 날은 밝고
밖에서 새가 우는데
왜 새는 혼자 우는 법이 없는 걸까

티브이에서는 새벽에 서울 한복판에서 일어난 대형 교통사고를 보도하고 있다 너는 괴로워하고 나는 울렁거리는 속을 게우러 화장실로 향한다

정말이야
나는 열심히 부끄러워 봤어 그랬지만

우연히 그 자리를 지나던 사람들의 불행을 우리가 다 알 수 있을까 우리의 불행도 우리를 이해시키지 않잖아

투명한 잔에는 슬픔이라고 부를 수 없는 것이 담겨 있다

곧 크리스마스라는데
밝지도 어둡지도 않은 골목 술집
간판 아래 쓰러진 트리 곁에서 담배를 피운다

공기는 희뿌옇고
담배는 타들어 가고

한참을 끙끙대다 트리를 일으켜 세우면
너보다 크지만 나보다는 작다는 걸 깨닫고
왠지 마음이 좋았다

술을 많이 마셨나 봐
나는 너를 동경해 본 적이 있어

불행이 앞뒤로 덮쳐 와도

어디서든 휴대전화를 꺼내 누를 번호가 있다는 거
새들처럼 동시에 울어 줄 사람이 있다는 거
투명한 잔이 더욱 투명해지도록
따라 부을 마음이 있다는 거

길을 걷다 우연히
너의 향수 냄새를 맡고 뒤돌아볼 때
남몰래 부끄러워도 볼 때

나 혼자 간직하지 말아야지
그렇게 생각했다

모든 일이 시작되기 전

장례식에 가려고 기차를 탔는데 기차 안에서 먹는 맥모닝
이 너무도 맛있는 것이다

시네마와 무비

우리는 영화를 찍기로 했다 아무도 울지 않는 영화를

찍으려 했는데, 추웠고 젖은 신발을 아무도 벗지 않았다 그
것이 영화적인 풍경이라고는

생각하지 않았지만 나는 오늘이 마지막일 것 같다는 이상
한 예감에 자꾸만 휩싸였다

그런 장면을

추억한다 내일의 바닷가에서

겨울 엠티, 영원히 멈춰 서지 않을 것 같던 기차, 빈 의자 위
로 내려앉던 먼지들

희극도 비극도 아니지 먼지와 모래 속에 우리의 발이 푹푹
빠졌을 뿐 카메라는 손에서 손으로, 손에서 손으로 옮겨 갔다
이렇게 추운데 우리가 얼어붙지 않는다는 게 신기했다

극장에는 빛이 들지 않아, 친구들아 오직 장면 속에서만 빛
을 상영하는 것이 극장의 화법이기 때문이지 오래된 영화에
는 오래된

장면이 없을 수도 있지만

장면 뒤에는 영화가
있을 수도

카메라는 흔들렸고 기차는 언젠가 멈춰 섰다
왜 이것을 영화로 찍어야 하지?

뛰려고 할수록 발은 점점 더 무거워졌다
이렇게 함께인데 영원히 함께일 수 없다는 건 너무 영화적
이지 않니

그런데 시네마와 무비의 차이가 뭐야?

장면들, 있는 힘껏 내달리는 아이들에게는 웃는 표정이 자
연스러워 그런데 우리가 아이였을 적에는 서로 알지 못했지
그래도 웃는 얼굴을 마음껏 감상할 수 있었어 그래, 얼마나 웃
겼냐

영화를 찍기로 했다 카메라를 멈추지 않기로 했다 멈추지

않을 이유를 알지 못하면서도

　바람이 많이 불었고 바람을 읽으려 하지 않았다 어차피 나
는 희극이나 비극보다 우리를 읽어 내는 데 몰두하리라는 것
을 알았다

　해가 막 지려고 하는데
　이 장면을 꼭 담아야겠는데
　우리 중 한 명이 뛰지 말라고 소리쳤다

　그래, 천천히 같이 가 조용한 대답이 들려왔을 때 무엇이
　영화적인지 생각하지 않아도 되었고 울지 않을 이유 찾지
않아도 되었고 영원히 아이
　아니어도 되었다

　우리가 없는 우리의 영화 속에서 그랬다
　마지막이 없는 마지막 영화가 시작되려 하고 있었다

물 밖의 일

바닷가에 왔으면 예쁜 돌을 주워 가야지 그가 말하며 내게
예쁜 돌을 골라 주었다 정말 예쁘네 동그랗고 표면은 매끄럽
다 반짝반짝 윤이 난다 물속에서 꺼낸 돌을 이리저리 비춰 보
자 돌의 물기가 서서히 말라 갔다 완전히 마른 뒤 돌은 윤을
잃었고 버짐이 핀 것처럼 하얘졌다 나는 그 돌을 손바닥 위에
올려 둔 채 쥐었다 펼쳤다 했다 그는 곧 내 손안에서 돌을 빼
앗아 바닥에 던졌다

그 밖의 일

그 돌
이대서울병원 앞 자판기 아래에서 본 것 같다

미래에 내리던 비에는 아무도 잠기지 않고

마당 한구석에 편지를 묻는 사람이 있다면 기억하고 싶어서겠니 잊고 싶어서겠니 걸리적거리는 돌멩이란 돌멩이는 모조리 뽑아 버렸지 고작 편지 한 장일 뿐인데 이렇게 깊은 구덩이를 파도 될까 의심하지 않았어

언젠가 나는 울면서 땅을 판 적이 있다 묻어 둔 것을 꺼내려고 아무리 파도 오직 흙 점점 더 차갑고 부드러운 흙만 나왔어 모종삽을 던지고 너를 봤다

그것 봐 아무것도 없을 거라고 했잖아

마음이라든지 영혼이라든지 전부 옛날 일들인 걸까 흙투성이가 된 손을 너는 탈탈 털어 주었어 너의 손이 나의 손처럼 더러워져 가는데…… 그 순간 나는 그 손이 미래와 가깝다고 생각한 거야

그렇다면
다시 태어나게 할 거야

편지를 심고 사탕을 심고 컵을 심고 귀걸이를 심고 흙과 바람도 심어야지 우주는 우리의 손을 기억할 거야 미래가 더 깊이 뿌리를 내려 멀리서 웅성거릴 때까지 아무렇지 않게 다시 태어나 자라도 되고 자라지 않아도 된다……

너는 마당의 수돗가에서 손을 씻다가 내게 물 한 줌을 뿌렸다 손가락 사이로 흘러내린 물이 더 많았다 내일은 비가 내린대 예보를 무를 수는 없고 그것이 걱정되지 않았다

미래가 태어나려면 필요한 일들이었다

4부

너의 팬이야

알루미늄 빗방울

네가 어디선가 받아 온 무드 등을 켰다
벽과 천장에 인공 오로라가 펼쳐졌다
에메랄드와 사파이어 보석을 녹인 듯했다
무수한 별은 하나같이 형광 연둣빛이었는데
우리 나중에 진짜 오로라 보러 가자
아이슬란드에 우리가 아는
가장 추운 나라에
얼음이 흐르고 빛이 고이는
너무 오래된 상상은 기억과 잘 구분이 안 돼
아침까지 어두운 하늘을 떠도는 인공의 기억
이제 끝까?

체리의 서약

만화 속에 들어갈 수 없다는 걸 더는 슬퍼하기 싫어 그런데 나는 아이스크림 띄운 체리콕을 마시면서 이미 본 만화책을 또 뒤적거리지 사람들은 좀처럼 나를 찾지 않고 나도 사람들 사이를 거닐고 싶은 것은 아니었지만

누구와도 친구가 될 수 없다는 게 누군가를 축하하지 못한다는 게 오직 노을을 바라볼 때만 고개를 든다는 게 불행인지 불운인지 구분할 수 없지만 만화 속에서는 소녀들이 우정의 서약을 하고 사랑을 위해 세계를 구하네

내가 구하고 싶은 건 나밖에 없었고 체리콕은 시간이 얼마나 잘 녹는지 보여 주었어 책장 구석에서 캄캄한 벌레들이 기어 나왔지 만화 속 소녀들과 달리 나는 엄마도 있고 아빠도 있는데

빛나는 에나멜 구두는 신어 본 적 없지 매끄러운 발을 가져본 적도 창밖의 노을이 짙어지면 벌레들은 좀 더 아늑한 곳으로 사라져 가 설탕과 온기를 깨물기 위해

시간이 아주아주 빨리 흘러가 버렸으면 좋겠다 내가 죽고 나를 찾지 않던 사람들이 다 죽고 소녀들이 세계를 되살렸으면 그래서 축하의 노래가 지상에 울려 퍼졌으면

불행과 불운 사이를 거닐다 문득 거기에 온기가 있다는 것을 깨닫고
체리콕 위에 떠 있는 아이스크림을 깨물었어

진희와 희진

진희와 희진은 어릴 적 친구였으나 자연스럽게 멀어졌다
어른이 된 진희와 희진은 더 이상 만나지 않는다

중요한 것은 진희와 희진이 서로를 기억한다는 점 사소한
버릇 이층집에 살며 개를 키우기로 했던 약속 천변을 산책하
며 나누던 이야기

진희는 그때 왜 그랬을까 생각에 잠긴다
그 시각 희진은 카페 바닥을 닦는다 손님이 깨뜨린 유리컵
과 커피를 치운다

몇 년 뒤 진희와 희진은 동창 결혼식에 참석하지만 서로를
보지 못한다

단체 사진을 찍기로 했을 때
진희가 웃고 희진은 밖으로 나가 담배를 피운다

희진이 사랑하는 장면은 카페 문 닫고 돌아서면 보이는 여
전히 환한 거리

잠긴 문을 당기며 가게가 안전하다고 느낄 때 스스로 주인처럼 웃어 보는 것 그리고 생각한다
　도시는 친절한 곳이라는 것

　엄마는 진희를 사랑한다
　아버지는 진희를 사랑한다
　진희는 부모의 사랑과 기도가 자기를 지킨다고 믿는다

　희진이 고양이 앞에 사료를 부어 주며 졸린 눈 깜박일 때
　진희는 애인의 품을 파고든다 그날 누가 축가를 불렀더라 혼잣말하곤 애인이 대답해 주기를 기다린다

　진희와 희진은 같은 동네에 살고 더 이상 만나지 않는다 그들의 집에서는 종종
　비행기가 유리창에 밑줄을 그으며 날아간다

　비행기에서 내려다본 도시는 미세하지만 한 프레임에 전부를 담을 수 없다

도전! 판매왕

시인들이 우르르 홈쇼핑에 나왔으면 좋겠다.

자신의 시집을 백 초 동안 어필하고 최다 판매량을 달성해야 하는 것이다.

어떤 이는 "저는 정말 성실하게 시를 씁니다. 하루도 빠짐없이 시를 써요." 침울하게 고백할 수 있고 어떤 이는 "이 시집에는 삶과 문학의 정수가 담겨 있습니다. 보시다시피 표지는 그럴싸하고 삶은 종잇장처럼 얇으며 문장의 모서리는 어유, 날카롭습니다." 능청을 떨 수 있다. 또 어떤 이는 시집에 문장이 얼마나 밀착력 있게 달라붙어 있는지 보여 주면서도 머릿속에 촘촘히 스며드는 높은 밀도를 자랑할 수 있다. 민감한 독자를 고려해 강화된 문장 안전성 테스트 결과를…….

나는 차례를 기다리면서 시집을 뒤적인다. 해설에 적힌 말을 내 식대로 풀어 말하면 되지 않을까. 아니, 그건 마케팅의 언어와 다르다. 백화점 판매직에 종사한 적 있는 나는 어떤 말이 효과적으로 소비자를 현혹하는지 알고 있다. 내 앞의 시인이 "한 권쯤 책장에 비치해 두면 지성과 감성을 두루 갖춘 사람으로 보일 것이므로 여자를 꼬시기에 좋다."고 말하는 것을 비웃는다. 그러다 내 차례가 다가오면 나는 시집을 펼치고 말한다. "여기…… 딸기와 판다곰이라는 시가 수록돼 있는데요. 딸기랑 판다곰…… 참 귀엽죠? 귀여우니까…… 좋아하실 거예요. 어디에나 두루…… 잘 어울릴 거고요."

방송의 광고란에 '얘들아 미안해. 열림원 미안해.'라고 적고 싶다. 색색의 모자를 쓴 시인들이 괜찮아, 괜찮아, 외치면서 내 이름을 연호한다 해도 이 도전을 이어 갈 자신이 없다. 괜찮다고 위로하는데 안 괜찮으면 진짜 안 괜찮은 사람처럼 보이니까. 뭔가 이벤트가 필요해. 그러나 이벤트를 동원해 판매량이 상승해도 나는 자존심이 상하는 것이다. 옷이나 커피나 화장품을 팔던 과거의 영광에 비하면…… 그러니까 시집 따위가……. 지나가던 시인의 "잘 어울리세요." 한마디에 가슴속에서 무언가가 무거운 행거처럼 무너지고 말겠지.

방송을 본 선생님들 "시집은 잘 팔리는 게 다가 아니야." 쓴소리에 고개를 떨군다 해도
높은 마음을 가지고 싶었다. 마음속에 생겨난 높은 행거가 내가 바라던 것은 아니었을 텐데. 수많은 감정을 걸어 두었지.

무너지고 또 무너질 때마다 번번이 일으켜 세웠다. "떨군 고
개를 원래 스트레칭하려 했던 척 한 바퀴 돌리는 것까지가 제
시집의 장기입니다." 선생님들께 말씀 올리는 순간 다시 시작
되는

　백 초는 너무 길고 시집은 너무 짧다. 그게 이 시집이 내 마
음을 아프게 하는 이유다.

딸기와 판다곰

집으로 초대한 친구와 딸기 한 팩 나눠 먹다가
내가 오래전부터 판다 인형을 안고 있었다는 걸 알게 되었다
그거 벼룩시장에서 산 거야?
아끼는 인형인데
친구가 묻길래 그렇다고 했다
그러자 정말로 그렇게 믿게 되었다
나는 벼룩시장을
오래된 사랑이 좌판마다 자랑스럽게
혹은 안타깝게 깔려 있는 그런 장소로
생각했는데
좋은 데서 왔구나
딸기가 상큼해서 인상을 찡그렸다
우리는 왜 맛있는 걸 먹으면 인상을 쓰지?
몰라 몰라
판다는 무표정인데도
표표한 얼굴을 하고 있다
겨울에 이사한 집에서 봄을 맞는다
베란다 밖에서 바람이 불면
꽃잎들이 바닥을 흘러 다녔다 휘돌고 부풀고 가라앉고

꼭 약에 취한 것 같네

고백하자면

나는 고백하고 싶은 게 있을 때

판다 인형을 안게 된다

어젯밤 읽다 만 추리소설이

탁자 위에 놓여 있다는 건 꽤

절묘하다

말해 봐

친구가 귀를 쫑긋 세운다

나는 앞마당이 있는 집에서 살고 싶어

아침에는 옆집 벚나무에서 떨어져

쌓인 벚꽃을 빗자루로 쓸기도 하면서

어쩌면 나는 딸기를 먹고 싶은 게 아니라

기르고 싶은 건지도 몰라

내가 먹는 약의 성분은 안정감과 우울감과

무언가를 양육하고 싶어지는 욕구

친구는 고개를 끄덕이다가

판다를 쓰다듬었다

그러자 판다가 입을 열었다

너무 많이 사랑받는 일은 말이야

나를 텅 비게 해

둥실둥실 떠다니게 해

납작해져서

솜을 도로 쑤셔 넣어도 나는 이미

케케묵은 몸이라고

친구와 나는 사랑이 가득한 가정집을 떠올렸다

그런 집이라면

소파에 하트 모양 쿠션이 놓여 있기 마련이지

탁자 위엔 추리소설 대신

달콤한 간식

서로의 말에 맞장구를 쳤다

너무 무성하게 자란 보풀들

나를 덮어 주는 그림잣빛 구름 이불

정말이지 부드러운 집이야

판다도 내 말에 고개를 끄덕이다가

이 딸기 벼룩시장에서 사 온 거야? 하고 물었다

아주 상큼하고 맛있어

그럼 이제 스케치북은 그만 뜯어 먹자

듣기 싫은 말을 들을 때는
길게 하품하는
기쁜 포유류
딸기를 재미있게 으깰 수 있다

너는 핸드크림이 다 떨어졌다는 식으로 이별을 말했어

나는 어둠 속에서도 식물이 죽었는지 살았는지를 잘 구분
하는 사람
줄기가 어떤 각도로 기울었는지 흙 위로 꽃잎이 얼마나 떨
어져 있는지 물기는 적당한지 잘 보는 사람

그런데 사랑한다는 말을 너무 어색하게 발음해 왔던 거야

너는 사람 좋은 얼굴로 혼자가 편하다고……
어떻게 너 혼자 편하려고 하니, 나는 눈에 금이 간 것처럼 울고
때마침 분홍색 털모자를 쓴 할머니가 카페로 들어와 껌 좀
사 달라고 했지
너는 지갑을 열어 이천 원을 꺼냈어, 천 원도 아닌
이천 원을!

앞에서 사람이 우는데 너 어떻게 껌을 살 수가 있니 나도
아카시아 껌을 좋아해 네가 아라비카 껌을 좋아한다는 것도
잘 알지 그러니까 우리 아직

그렇게 말하는데 마포구로 이사 간 채원이에게서 전화가

왔다 아무래도 전세 사기인 것 같아 채원이가 울고 내가 울고 너는 우리가 사는 집의 보증금과 월세를 냅킨에 적고 그 모습에 나는 눈물을 닦고 전화를 끊었다

너 말이야, 새봄을 맞아 새로 산 침구를 생각해 아직 개봉하지 않은 샴푸와 린스를 생각해 집들이 선물로 한 상자 가득 받은 물티슈를 말이야

하지만 그건 단물 빠진 껌처럼 질기기만 한 생각들일 뿐이지

나는 잘 보니까 잘 아는 사람, 그러니까 우리 아직······

어두운 거리를 걸으며 집으로 돌아가는 언덕길, 재빠르게 하수구로 달려가는 쥐를 봤다 어떻게 하면 저렇게 거침없는 발을 가질 수 있는 걸까?

나 사랑한다는 말이 아직 어색해 그러니까 자기야

게임 혹은 게임

좀 다른 진실 게임을 발명했다 상대방이 묻지 않은 진실을
발설해 버리는 게임 나는 이것을 롯폰기의 선술집에서 동생
에게 제안했고, 어제 이케멘과 키스했어 말하면 동생은 진실
로 잡친 기분을 드러냈다

상대방의 감정과 상관없는 고백을 고백 공격이라고 하잖
아 그럼 이건 진실 공격이야? 중학생 때 동생의 저금통을 턴
일, 동생이 몰래 내 뒷머리를 자른 일, 엄마에게 혼자 받은 용
돈…… 이게 다라니?

진실을 말해
내가 나가 죽었으면 좋겠다고

웃으면서 시작했는데 나는 커다란 바늘에 찔린 것처럼 울
었고 동생은 화를 냈다 여기 서울도 아니고 도쿄야

그래, 내가 잘못했어 왜 우리는 서로에게 상처를 입히고 나
서야 화해를 하는지 이해할 수 없었다 그런데 상처를 봉합하
는 데에도 바늘이 필요하겠지 이케멘 이야기나 했어야 했지

만 그건 거짓이니까

　진실의 반대말이 거짓이라면 게임의 반대말은 뭘까 게임은
시합이면서 놀이인데 시합의 반대말이 놀이 아닌가

　우리 놀러 왔는데

　이건 고백 아닌 진실

　내일은 동생과 바다를 보러 가마쿠라에 가기로 했다 옆 테
이블의 노인이 우미! 하고 외쳤다 네, 같은 말이에요 대답하
지 않고 레몬 사와로 건배했다 시큼한…… 쓴맛이 나서 이케
멘과의 키스가 떠올랐다 그건 아마도 가마쿠라에서의 일이다

노을을 좋아하고 때때로 레몬 향을 견디는 사람에게

플리 마켓에서 달콤한 냄새 풍겨 오길래
속는 셈 치고 사 본 시집에는
구석구석 곰팡이가 슬어 있었지

요즘은 자꾸 흰머리가 나
나도 한 올 한 올 낡아 가나 봐

아껴 먹다가는 다 녹을 거라고 했지
주머니 속에서 으깨질 거라고 했지

보석 젤리라는데
보석도 젤리도 아닌 것 같다
단맛만 느껴도 나는 뭉개질 것 같다

한 올 한 올 거짓말
슬픔은 늘 뭉텅이야

흐느끼지 말고 시원하게 울어

이렇게 나온 게 오랜만인데
멀리서 보이는 대관람차가 움직이지 않는다
주위에는 유아차를 끄는 사람이 많다

눈부시고

손차양 대신 시집을 펼쳐
작은 그늘을 만든다

플리 마켓이 한창인 공원
분수대에서 물줄기가 솟아오른다

물이 닿으면
젖는 게 당연해

아삭아삭한 햇빛, 어금니에
달라붙은 코하쿠토
녹듯이

오후의 그늘에
물방울에

울지 않아도 시원하다 그렇지?

행복한 파괴자들

왕십리의 한 바에서 만난 음악 감독은 내가 시인이라는 걸 알고 프랑수아즈 사강 이름을 대더군 그녀가 죽음에 이르게 된 경위와 그녀가 남긴 "나는 나를 파괴할 권리가 있다"라는 말을 무슨 운명이나 혁명이라도 되는 양 말했어 나는 오븐에 머리를 처박고 죽은 실비아 플라스 이야기를 해 주려다 말았다 그런가 하면 한국의 고선경이라는 시인은 전자레인지에 오리온 초코파이를 데워 먹고 "나는 나를 파괴할 권리가 있다" 주장한다는 것을 음악 감독은 아는지? 내가 아이스 아메리카노를 하루에 몇 잔이나 마시는지를? 화장실 들락거릴 때마다 손을 씻느라 건조해진 손등을 바라보며 "나는 나를 파괴할 권리가 있다" 중얼거리는 것을? 핸드크림 덕지덕지 바르고 인공 버베나 향기에 취하면서도 버베나를 베버나로 번번이 헷갈리는 것을? 음악 감독은 기어코 라디오헤드의 크립을 틀어 달라고 디제이에게 요청했다 내게 무슨 음악을 즐겨 듣냐 묻기에 대중가요라고 대답했다 민중가요라고 대답할 것을 아니 아프리카 민요라고…… 그러나 나는 알량한 경쟁심이나 반항심과 엊그제 절교했지 암 어 크립 암 어 위얼도 애절하게 소리 질렀지 나는 그저 내가 상처받지 않기를 바랄 뿐이었어 음악 감독은 웃었고 디제이는 코를 훌쩍거렸다 그래 나도 나를 좋아해 내 여자는 나를 좋아하면 행복하다 말했어 내 컴퓨터에는 쓰레기 창고라는 폴더가 있는데 창고 밖으로 흘러넘친 쓰레기들마저 나를 너무도 좋아하는 것이다 이봐 이 맥주는 꼭 황금을 녹여 만든 것처럼 씁쓸하고 반짝이는군 위스키는 됐다구 그건 꼭 액체로 된 수면제 같아 말하는 순간 전등 위 천장에 고인 짙은 어둠 사이로 무언가 일렁거렸는데 크림들의 흐느낌 사이로 "나는 나를 복구할 권리가 있다" 속삭임이 들려왔다 나는 그 목소리의 주인을 아마도 슈퍼마켓이나 헌혈의 집 혹은 교실과 쓰레기 창고 폴더에서 본 적이 있는 것 같았다 전등 주위로 분말처럼 쏟아져 내리는 빛을 애써 무시하고 어둠 속을 잘 들여다보면…… 젠장 기타는 꺼내지 마 디제이 자식아 제발 기타만은 치지 말아 달라고 간절한 나의 마음과 상관없이 여섯 개의 기타 줄은 가냘프게 떨기 시작했다 그리고 어두운 천장에서 흔들흔들 내려와 모습을 드러낸 건 파괴적으로 아름다운 비보잉을 추는 나를 파괴할 권리가 있는 그리고 행복한…… 오리온 초코파이였다◢

◢ 2000년대 깔깔 유머집에 소개되곤 했던 인터넷 구전 설화,

144   「춤추는 초코파이 이야기」

카푸치노 감정

하얀 머그잔 속
부풀어 오른 우유 거품을 바라본다

왜 이런 것이 나를 끓게 하는지
넘치게 하는지 알 수 없다

기다리라는 문자 메시지 하나에
시간은 무수히 알을 까게 되는데

쌉쌀한 시나몬 향을 맡다 보면 담배를 배우고 싶어져
그런 것이 나의 최선은 아니겠지만

나는 계속해서 태어나는 기분

우유 거품 아래에는 커피가 아닌
다른 무언가가 도사리고 있을 것도 같다

침착하게 식어 가기
최선을 다해 가라앉기

나는 이제 그런 것을 배우고 싶어
끓음과 넘침의 시간을 지나

은색 스푼이 거품을 걷어 내면
날벌레 한 마리 떠올라 있을지라도

나는 커피를 다 마시고 남은 거품의 자세
넘치지 못하지만 부푼 채로 멈춰 있다

빈 잔이라고 부를 수 있지만
이대로 다른 것을 따라 넣을 수는 없어

내 어깨를 붙잡는 차가운 손 위로
내 손을 겹쳐 부드럽게 감싼다

아무것도 시작되지 않았으니 기다리라고

뱅 쇼 러브

커다란 냄비에 겨울을 넣고 끓인다
자작나무 숲 향기가 퍼지면 각설탕도 털어 넣는다
까맣게 타서 얼룩이 눌어붙을 때까지

전야제가 끝나지 않았으면 좋겠어 어지러운 빛으로 찬란하
니까 찬란한 세계는 기분이 되니까

뚜껑을 닫아 둔 냄비 안으로 눈이 내리는 것을 눈치채지 못
한 채 아내와 나는 소파에 등을 기댄다 같은 양말을 신고서
발바닥을 맞댄다 아내는 해리 포터를 좋아해 론 위즐리의 "해
피 크리스마스, 해리"를 듣기 위해 리모컨을 누른다

그런데 누가 처음 해피를 개 이름으로 지어 주었을까?
행복의 꼬리는 짧을 텐데
소파 위를 뒹구는 쿠션에서 농담을 꺼내 쓰다듬는다

크리스마스는 뜨거운 코코아 속 마시멜로처럼 금세 녹아
버리겠지
편지는 빨간 우편함 속에 내용은 하얀 케이크 속에

아내는 나에게 햇빛에도 젖는 이가 있다는 것을 알려 주었
다 젖은 눈으로만 눈사람을 만들 수 있다는 것을

웃음과 눈물은 공평하게 투명하고
투명한 것들은 불투명한 것들을 들어 올린다

파다한 사랑

나무로 만든 의자에서도 의자에 걸쳐 둔 외투에서도 외투
주머니 속 장갑에서도 캐럴이 흘러나온다 냄비 뚜껑이 들썩
거린다

크리스마스가 끝난 뒤에도 이 겨울은 풍미가 깊을 겁니다
그만큼 오래 끓였으니까요

빛이 찰랑거리는 유리잔에 어두운 술을 따른다
일 년 동안의 전야제는 농담 같고
텅 빈 편지는 진담 같다

판타지 영화 속 마법 주문은 아니지만
널 사랑해

우리가 기른 적 없는 해피가 향기의 출처를 알아내려 코를
킁킁거린다

자몽과 오로라

아침 일찍 걸려 온 전화 한 통을 받지 않았다

뭐였을까
그때 내가 은사시나무에 부딪혀 쏟아 버린 것은

야광으로 빛나는 슬리퍼를 신고 어두워진 숲을 걸을 때 반
딧불이가 된 것 같아? 인공위성이 된 것 같아? 외계인이 된
것 같아 오로라가 된 것 같아

은사시나무가 은사시나무일 뿐인 것처럼 우리는 다만 우리
였는데
침대에 나란히 누워 넷플릭스를 보다가 벌컥 화를 낼 때도
이사를 하다가 더러워진 슬리퍼를 발견했을 때도

빛을 신어 본 적도 없으면서 잃어버린 것처럼
뭐였을까 뭐였을까 중얼거렸다

한 사람의 눈빛을 오래 쥐어 본 적 있어
녹아내리는 것은 바지에 문질러 닦았다

우리가 가진 기억은 우리를 얼마나 가졌을까 흩어지는 담배 연기를 지켜보았다 문득 네가 좋아하는 포트 와인 생각을 하다가 배터리 구십 퍼센트 왜 충분하게 느껴지지 않는지 휴대전화 덮어 놓고

식탁 위의 자몽 한 알, 먹지도 않을 거면서 사다 두었다 손아귀에 넣고 굴리고 힘주어도 뚝뚝 흘러내리지 않는 오로라
　오로라 몇 방울 미지근했다

너는 더는 내가 좋아지지도 싫어지지도 않는다고 했다 그래도 계속 시도해 보고 있다고 했다 왜 나는 너의 연습이 되어야 하는 걸까

손끝으로 가리키는 것마다 실패한 흔적이었다 만들다 만 의자, 색이 번진 타투

하루 종일 전화 한 통 오지 않아 무작정 숲을 걸은 것이었는데 정신을 차리기도 전에 왜 밤은 불쑥 도착해 있는지 포트

와인 엎지른 듯한 너울 아래에서

　너는 알려 주었지 자몽의 내부처럼 불타는 광경을 가장 아연하게 바라보는 사람이 있다면 그가 바로 방화범일 것이라고

　침대맡 조명은 천장에도 불을 지르고 있었고 너는 그것을 오로라, 오로라 하고 불렀다

팬레터

—12월 31일

안 죽는다고 했는데 죽었다

클럽 화장실 거울 앞에 나란히 서서 립스틱 발랐던 그때 찍은 셀피와 클럽 앞 피자 가게에서 나눠 먹은 페퍼로니 피자, 제로 콜라, 버드와이저 술에 취해 고개를 끄떡거리며 우리는 보들레르나 김수영 이야기 따위 하지 않고 나초나 씹어 대고 먹는 것에도 지치면 취기 섞인 숨을 크게 몰아쉬고 너희가 언제까지 젊을 줄 알아? 손가락질하는 사람은 없지만 나보고 MZ 시인이래 청년 대표래 웃겨 내가 백 살이 돼도 너는 평생 스물다섯 살이라는 게 진짜 웃겨

올해가 끝나기 직전 네 꿈을 꿨다 너를 만나러 가려는데 어떤 할머니가 손수건 좀 사 가라고, 한 장에 삼천 원, 두 장에 오천 원 말하면서 자꾸만 나를 붙잡았다 할머니한테 짙은 흙냄새가 나서 눈도 쾡하고 좀 이상한 할머니인 것 같아서 당장 현금이 없어서 뿌리치고 가는 도중 진눈깨비가 내리기 시작했다 진눈깨비는 빠르게 비로 바뀌어 갔고 검은 눈과 물기로 길이 질척거렸다 넘어지지 않으려고 조심할수록 신발이 천근만근 무거워졌다 너를 만나야 하는데 네가 집 앞에 있다고 했

는데 왜 나는 내 집에 갈 수 없는 걸까 우산도 없고 울고 싶은
걸 참으면서 문자를 보냈다 좀 늦을 것 같아

뭐라고 답장이 왔더라 분명히 읽었는데 꿈에서 깨어 보니
한 글자도 기억나지 않았다 만약 네가 언니 빨리 와 했으면
어쩌지 내가 떠난 내 꿈속에 너 혼자 남아 나를 기다리면 어
쩌지 생각하던 아침 꿈도 잊고 너도 잊고 나아진 기분으로 차
를 끓여 마시고 케이크 사러 갔다 딸기가 싱싱해 보이는 것으
로 신중히 골랐다 한 해의 마지막 날 기분은 일 년 동안 어질
러 놓은 방 한가운데 서 있는 기분

방이 끝나지 않는다 검은 눈이 밑바닥에서부터 차오른다
왜 하필 오늘일까

검은 눈더미 속에 손을 넣으면 돌 하나 쥐어 볼 수 있을까
그 돌에 무슨 의미가 있을까 너의 답장이라도 적혀 있을까 너
를 떠올리면 왜 내 마음속에 하나둘 돌이 쌓이는지 새해가 밝
으면 나 혼자 울면서 그 돌을 치워야 하는지 여기까지 생각하
는데 문득 손수건 팔던 할머니가 너였으면 어쩌지 싶은 거야

154

그 돌이 너라면

웃겨 사실 너는 지금이 가장 행복할지도 모르는데 나 혼자 시 쓰는 게 외로워서라고 웃겨 진짜 너야말로 MZ인데 네가 이걸 읽을 때쯤이면 그따위 말은 얼마나 낡아 있겠니

취한 너를 부축하며 술집 바깥으로 나와 택시를 부를 때 너를 태우고 떠나는 택시 번호판을 사진으로 남길 때 아니 너나 내가 취하지 않았을 때 우리가 주고받은 선물과 메시지와 웃음과 미래의 축하할 일들 모아 모아서 너의 긴 꿈속으로 미끄러져 들어가고 싶은 올해의 마지막 밤 어떻게 해도 충분해지지 않는 밤 우리

이걸로 충분하지 않으니까 기대하자 더 많은 걸

여기 남아 내가 할 일: 시 열심히 쓰기, 사랑 열심히 하기, 꿈 열심히 꾸기, 돈 적당히 벌기, 건강 관리 잘하기, 웃긴 생각 많이 하기, 네 꿈 응원하기, 네가 꿈 이루는 거 똑똑히 지켜보기

여전히 기대되고
기다려지는 새해 그리고 나는 너의

팬이야

크로셰 메모리

소유정(문학평론가)

1.   시(집)의 쓸모, 문학의 쓸모

〈스트릿 문학 파이터〉(이하 〈스문파〉)의 최종 우승자
K가 돌아왔다. "이제 곧 K의 시집이 출간된다고 한다"■
(「스트릿 문학 파이터」)는 소문으로만 남았던 그는 이제
홈쇼핑에 출연한다. 「스트릿 문학 파이터」가 시인이 되기를
희망하는 습작생들의 서바이벌 현장을 보여 주었다면 「도전!
판매왕」은 등단 후 시집을 출간한 시인들이 직접 쇼호스트가
된 홈쇼핑 현장을 배경으로 삼는다. "자신의 시집을 백
초 동안 어필하고 최다 판매량을 달성해야" 한다는 기획
아래 만들어진 이 프로그램은 홈쇼핑 채널이지만 사실상
〈스문파〉와 크게 다르지 않다. 제한된 시간 동안 최대한
많이 판매해야 한다는 목표 앞에서 모두 경쟁할 수밖에
없기 때문이다. 홈쇼핑에 출연한 시인들은 기획 의도를
충실히 따르며 나름의 어필을 한다. 어떤 이는 자신의
성실함을 강조하고, 어떤 이는 시집에 "삶과 문학의 정수"가
담겨 있다고 말한다. 또 다른 누군가는 "여자를 꼬시기에
좋다"는 근거 없는 말을 내뱉기도 한다. '나'는 어떨까? '나'는
그들의 말이 "효과적으로 소비자를 현혹"시키기엔 어렵다고
생각하며 혹자를 비웃기도 하지만, 차례가 왔을 때 하는
말은 크게 다르지 않다. "여기…… 딸기와 판다곰이라는
시가 수록돼 있는데요. 딸기랑 판다곰…… 참 귀엽죠?
귀여우니까…… 좋아하실 거예요. 어디에나 두루…… 잘
어울릴 거고요." 모자나 인형이라면 납득할 법도 하지만,
다른 무엇도 아닌 시가 귀엽고 어디에나 잘 어울린다는

■ 고선경, 『샤워젤과 소다수』, 문학동네, 2023, 70쪽

말은 시청자의 소비 욕구를 자극하는 "마케팅의 언어"와 거리가 멀다. 그렇기에 "옷이나 커피나 화장품을 팔던 과거의 영광"과 더욱 비교하게 될 수밖에 없으며 화자가 느끼는 비참한 마음 역시 그만큼의 충격으로 다가올 수밖에 없다. 여기까지 보았을 때 이 시는 시집 판매에 특별한 재능이 없는 시인들의 눈물겨운 실패담을 그린 것 같지만, 해석의 지점은 그 너머를 향해 있다.

「도전! 판매왕」에서 드러나는 시인들의 고군분투 현장은 시(집)의 쓸모, 문학의 쓸모에 대한 오늘날의 물음과 긴밀하게 연결된다. 매력적인 것은 모두 경제적인 가치로 환원되는 자본주의 시대에 시집은 반대로 백 초 안에 앞다퉈 사야 할 이유가 전혀 없는 재화이다. 그렇다면 이 시대에 시는, 문학은 어떤 가치를 지니고 있는가? 물음에서 주어를 분명히 하자면, 이는 독자-소비자가 왜 시집을 사야 하는가 또는 왜 시를 읽어야 하는가에 대한 것으로 이어진다. 하지만 연쇄되는 물음 속에서 정확한 답은 도출되지 않으며 자꾸만 문학의 쓸모를 묻는 일이 반복될 뿐이다. 질문의 주체를 바꾸면 다를까. 문학을 '하는' 주체인 작가-판매자를 주어로 삼는다면 질문은 다음과 같이 바뀔 수 있다. 작가-판매자는 왜 문학을 해야 하는가? 홈쇼핑을 본 선생님들은 "시집은 잘 팔리는 게 다가 아니"라고 하는데, 상품이 아닌 다른 가치가 있다면 그것은 무엇인가? 잘 팔리지 않음에도 시를 써야만 하는 이유는 무엇인가?

자신이 생각하는 시(집)의 쓸모에 대해 말하는 것,

　　　　　　　　　　소유정(문학평론가)

그것을 타인에게 설득력 있는 언어—예컨대 "마케팅의
언어"—로 치환하는 것은 쉬운 일이 아니다. 고선경에게도
독자-소비자가 그의 시집을 사야 하는 타당한 이유를 대는
건 어렵지만, 작가로서 자신에게 문학의 의미와 시를 써야
하는 까닭만큼은 명징해 보인다. 그에게 시 또는 문학은
"수많은 감정"을 걸어 두었던 "높은 행거"가 무너질 때마다
"번번이 일으켜" 세울 수 있는 긍지이며 동시에 "떨군 고개를
원래 스트레칭하려 했던 척 한 바퀴 돌리는 것까지가 제
시집의 장기"라는 천연덕스러운 농담을 가능케 하는 유일한
일이다. '왜'라는 물음에 대한 답이 명료해지는 순간, 이는
연결된 타인의 마음을 움직일 수 있는 중요한 계기가 된다.
"높은 마음"만큼 다시 든 고개를, 차오르는 눈물이 스며드는
움직임을, 흐르지 못하게 살짝 웃는 얼굴에 배인 슬픔을,
기민한 사람이라면 놓치지 않고 응답했을 것이다. 또한 지금
이 시집을 읽고 있다는 사실이 바로 그 응답에 대한 증명일
테다.

2.   '나'의 쓸모

「도전! 판매왕」의 말미에서 백 초의 카운팅은 다시 시작된다.
제한 시간이 끝나지 않았으므로 여전히 이 시집은 판매
대상인 셈이지만, 첫머리에 놓인 시라면 별다른 마케팅 없이
다수의 지갑을 열게 할 가능성이 충분해 보인다.

나는 남을 돕는 팔자라고 그랬다
그렇게 말한 사주쟁이가 한둘이 아니다

(…)

팔자가 싫을 때 "나에게는 아직 끝낼 인생이 남아
있다"라고 적었다
월급도 못 주는 회사를 관뒀을 때 가스가 끊겼을 때
이십육 인치 캐리어 질질 끌고 남의 집 전전했을 때

(…)

책상 서랍 속에는 찢어진 노트 한 장
뒤집어 보니 이렇게 적혀 있었다

"나에게는 아직 끝내주는 인생이 남아 있다"

그게 꼭 부적 같아서
바깥만 나가면 하늘이 드넓다는 걸 알게 되어서

바깥을 씩씩하게 걸었다
하늘색이 행운의 색깔이라는 건
보통 행운이 아니다

나도 부적 하나 써 줄게
만사형통이나 만사대길 말고

소유정(문학평론가)

남을 돕는 팔자를 가진 이의 이름 하나 적어 줄게
그러니까 이 시 꼭 사서 간직해
알았지?

— 「신년 운세」 부분

"남을 돕는 팔자"를 가졌다는 화자가 시의 끝에서 써 준
"부적"은 "만사형통이나 만사대길"이 아닌 "남을 돕는 팔자를
가진 이의 이름"이다. 이름이 궁금해지는 한편 의문은
오래가지 않는다. "그러니까 이 시 꼭 사서 간직해"라는
말을 통해 부적에 적힌 이름은 고선경이며, 그의 이름으로
출간된 이 시집이 화자가 말한 부적이라는 사실이 밝혀지니
말이다. "칠만 원"의 부담이나 "부의 기운" 또는 "길한 기운"을
의심할 필요 없는 귀여운 제안에 웃을 수 있는 까닭은 이
시에 담긴 소소한 행운 때문이다. "행운의 색깔"이 "하늘색"일
때 "바깥만 나가면" 드넓은 하늘이 온통 행운이라는 걸 아는
것과 모르는 건 분명 다르다. 그것을 아는 이의 이름이 적힌
시라면 일상에 작은 행운이 찾아오길 바라는 사람에게도
좋은 기운이 전해지지 않을까. 부적처럼 시를 쥐어 보며
행운을 바라는 사이 웃음이 사라진 자리에 남은 것이 있다.
이는 앞서 「도전! 판매왕」에서 발견한 질문, 시(집)의 쓸모
또는 문학의 쓸모에 이어지는 것으로, 시집 전체를 관통하는
'나'의 쓸모와 관련된 것이다.

　　"사주쟁이" 여럿이 짚어 낸 팔자 풀이에 따르면 '나'의

쓸모는 남을 돕는 것이다. 그러나 이는 타인에게 '나'의
쓸모를 증명할 수 있는 것일지는 몰라도 '나' 자신에게 쓸모
있는 건 아니다. 타인이 아닌 '나'를 위해 살아야만 하는
이유 같은 건 팔자에도, 어디에도 없는 것 같다. 때문에
『심장보다 단단한 토마토 한 알』에서 시적 주체가 감각하는
'나'는 아주 희미하거나 근원을 알 수 없는 모습으로
그려진다. 가령 「SF」라는 시에서 화자는 산책 중 만난
분홍콩먼지라는 버섯에 관심을 갖는다. 분홍콩먼지는 식용이
아니라 "쓸모없는 버섯"으로 여겨진다. 게다가 균류가 아닌
"아메바문" 또는 "점균류"로 분류되어 버섯이라 하기도
애매한 독특한 생물이다. 식용도, 버섯도 아닌데 이름에는 두
가지 정체성이 모두 혼재되어 있어("콩은 식용인 것/ 먼지는
식용이 아닌 것") 의문이 들지만, "썩은 나무에서도 일 년
내내 자라는" 생명력만큼은 어떤 버섯, 식물, 동물에게도
지지 않을 만큼 강하다. 이 시의 화자는 "나도 저기서 온
것 같아" "저게 내 정체인 것 같아"라며 분홍콩먼지에게서
동질감을 느낀다. 마땅한 특질 안에 분류되지 않으며 하나의
정체성으로 말할 수 없는 모습에서 존재론적인 닮음을
감각하는 것이다. 분홍콩먼지가 버섯이라고 불리지만 실은
버섯이 아니듯, '나' 역시 인간의 모습을 하고 있으나 다른
이들과는 조금 다른 것 같다. 남은 생에 대한 기대감보다
"끝낼 인생"(「신년 운세」)이라고 단정하거나 "오리온
초코파이를 데워" 진한 단맛을 느끼며 "나는 나를 파괴할
권리가 있다"(「행복한 파괴자들」)는 식의 파괴 욕망을

소유정(문학평론가)

드러내는 것은 그러한 이유에서일 것이다.

　　고선경의 시적 주체가 '나'의 근원을 이도저도 아닌 무언가에서 찾는 것이나 자신의 쓸모에 대해서도 도무지 납득할 수 없어 하는 까닭은 그의 장소적 위치 때문이기도 하다. 시에서의 언급으로 볼 때 '나'의 주거지는 서울이다. 그러나 "서울에 살지만 서울을/ 경험해 본 적이 있느냐고 묻는다면/ 고개를 저을 것이다"(「늪이라는 말보다는 높이라는 말이 좋아」)는 진술이나 친구와의 대화에서 "순간 나는 진정한 서울 시민이 아니라는 사실을 깨달았다"며 "이 도시 속 나의 정체성"은 "외지인"(「남영」)이라고 말하는 부분에서 겉도는 모습의 그를 발견할 수 있다. 이처럼 서울에 살고 있지만 그것이 '나'에게 구체적인 경험으로 닿지 않아 정착했다는 실감을 찾지 못한 일상 속에서 그를 견디게 만드는 건 어떤 이름들이다. 남영, 연수, 소은, 영은, 지민. 친구들의 이름처럼 보이나 이들은 '나'의 혼잣말 속에서 탄생한 이름들이다. 이들이 등장하는 이야기 속에 '나'는 혼자 있지 않다. 놀고 이야기하고 어딘가를 바라보는 장면은 모두 함께이다. 이야기는 등장인물이 이 도시 어딘가에 살아 있다는 믿음에서 시작된다. 부름으로 먼 곳의 친구를 '나'의 곁에 두고 우리의 이야기를 만드는 것으로 '나'는 오늘 하루를 더 견딜 수 있게 된다. 그렇기에 "나에게는 아직 끝낼 인생이 남아 있다"고 썼다가도 "나에게는 아직 끝내주는 인생이 남아 있다"(「신년 운세」)고 긍정할 수 있고, 녹진한 단맛 속에 스스로를 가두고 싶다가도 "나는 나를 복구할 권리가 있다"(「행복한 파괴자들」)며 파괴된 '나'를 수리하여 쓸모를 찾고자 하는 움직임을 보이기도 한다. 복구된 몸으로 "끝내주는 인생"을 살기 위해서는 다시 자신을 향한 질문을 던져야만 한다. '나'는 무엇을 할 수 있는가? '나'는 무엇을 해야 하는가?

3.   한 알의 모든 것

고선경의 첫 시집을 떠올리며 이 시집을 읽었다면 어딘가 이전과 달라진 분위기를 눈치챘을 테다. 『샤워젤과 소다수』의 대표 이미지가 무한한 기포를 가진 소다수와 같이 청량하고 시원한 것이었다면, 『심장보다 단단한 토마토 한 알』에서는 "쌉쌀한 시나몬 향"(「카푸치노 감정」)이 가미된 커피나 오래 끓인 "어두운 술"(「뱅 쇼 러브」)처럼 높은 온도와 입안에 남는 맛을 가진 종류의 이미지가 돋보인다. 끈적이지 않고 휘발되는 산뜻함이 아니라 오래 남는 맛과 향은 시적 주체에게 남은 어떤 것을 환기시킨다. 예컨대 「카푸치노 감정」에서 "우유 거품 아래" "커피"가 아니라 "다른 무언가가 도사리고 있을 것도 같"다는 화자의 불안이 "기다리라는 문자 메시지"(「카푸치노 감정」)에서 시작되었듯 말이다.

잔을 모두 비운 후에도, 시가 끝난 후에도 남아 있는 맛과 향은 '나'에게 남아 있는 이전의 기억으로 이어진다. 고선경은 지금 곁에 없지만 '있었던' 존재에 대한 기억을 불러오며 기억하기를 반복한다. 이는 기억해야만 하는

소유정(문학평론가)

기억이 있다는 사실을, 기억해야만 하는 사람이 있다는
사실을 스스로에게 반복적으로 각인하는 방식이다. 앞선
질문에 대한 답변은 이 지점에서 가능해진다. 시적 주체가
할 수 있으며 해야 하는 '무엇'이 있다면 그건 다름 아닌
기억이다. 기억하면서 그리워하고, 기억하면서 기대하고,
기억하면서 기다리는 모든 일이 '나'에게는 애도의 과정이다.
애도의 수행은 대상이 되는 타인을 위한 것이기도 하지만,
결국 상실을 견디며 살아가는 '나'를 위한 일이다.

　　　곁에 없는 이를 향하는 '나'의 기억의 대부분은 친구와
연결되어 있다. 연작의 흐름을 보이는 네 편의 시 (「가벼운
노크」, 「모든 일이 시작되기 전」, 「물 밖의 일」, 「그 밖의
일」)를 비롯한 「팬레터—12월 31일」 등 죽은 친구를 떠올리는
여러 편의 시는 시집 곳곳에 산재되어 있다. 그중에서도
「모든 일이 시작되기 전」은 "장례식에 가려고 기차를 탔는데
기차 안에서 먹는 맥모닝이 너무도 맛있는 것이다"라는 한
줄의 임팩트를 가진 시다. 누군가의 죽음을 실감하기 이전에
느꼈던 생생한 맛에 대한 기억은 「가벼운 노크」에서 이렇게
변주된다.

　　　몇 년 전 죽은 친구가 우리 집으로 햄버거 배달을 왔다.
　　그와 나는 서로를 마주 본 채 당혹감을 느껴야 했는데, 그건
　　내가 햄버거를 주문한 적이 없기 때문이었다. 우리는 약간
　　멋쩍어하며 잘 지냈어, 친구? 인사를 나눴고 오랜만이야
　　악수를 했다. 잠시 집에 들어와 앉았다 가라고 말했지만 그는

다음 배달이 있다며 손사래를 쳤다. 이거 아쉽게 됐네 말하며
머리를 긁적이는데 불현듯 그와 내가 대학 시절 함께했던
밴드 동아리가 떠올랐다. 드럼 치던 녀석이 며칠 전 아기를
낳았다는 소식을 말해 줄까 말까 고민하는 사이, 빨래를
너느라 열어 둔 베란다에서 찬바람이 훅 끼쳐 왔다. 나는
왼팔을 오른손으로 문질렀다. 그는 빙그레 미소 지으며 입을
열었다. 그 녀석은 좀 더 행복해져야 해. 그럼그럼. 부드러운
대화 속에서 우리를 감싸안은 건 짭조름하면서도 고소한
감자튀김 냄새일 따름이었다.

—— 「가벼운 노크」 전문

"몇 년 전 죽은 친구"가 "주문한 적이 없"는 "햄버거 배달을"
온 이유는 무엇일까. 이는 앞서 언급한 시 「모든 일이
시작되기 전」과 무관하지 않아 보인다. 장례식장을 가던
기차 안에서 먹은 맥모닝이 유난히 맛있었다는 기억이 어떤
이와의 마지막이라면, 이 시에서 화자가 향하던 장례식장의
주인공은 지금 '나'의 집에 찾아온 친구일 것이라 추측해 볼
수 있다. 나란히 마주 선 '나'와 친구 사이에는 어색한 공기가
스민다. 하지만 이는 죽은 이가 찾아왔다는 비현실적인 상황
때문이 아닌 오랜만에 만났기에 생긴 자연스러운 틈이다.
짧은 인사를 나누며 사이를 채우는 동안 '나'는 우리가 함께
아는 "밴드 동아리"의 "드럼 치던 녀석" 소식을 전할까 말까
고민한다. 그런데 화자의 고민을 알아채기라도 하듯, 아니
이미 전하려는 소식을 알고 있다는 듯 친구는 말한다. "그

소유정(문학평론가)

녀석은 좀 더 행복해져야 해." 몇 년이라는 시간의 공백을
두고도 자연스러운 흐름으로 이어지는 대화 속에서 "우리를
감싸안는 건" 역시나 맛과 향이다. "짭조름하면서도 고소한
감자튀김 냄새"가 먼저 떠오를 오늘은, 「모든 일이 시작되기
전」과 이어지는 이후의 기억이다.

　　　　이렇듯 고선경의 시에서 죽음에 대한 감각은 주로
상실의 대상을 향해 있으나 예외적으로 '나' 자신의 것으로
나타날 때가 있다. 다시 말해 '나'에게 죽음은 언제인지
모를 미래에 맞닥뜨릴 운명이 아니라 이미 벌어진 과거의
일이거나 현재적인 사건으로, 이미 경험한 것처럼 여겨진다.
가령 「비상계단」의 화자는 "아빠를 따라 낚시를 배우러"
"바다"에 갔다가 물에 빠진 적이 있다. 죽지는 않았지만
눈을 감으면 여전히 "검고 투명한 파도의 빛깔"이 선명한
바다 속에 잠겨 있는 것 같다. 그렇기에 더는 아이가 아닌
"선생님"이 되었음에도 "눈을 떠 보면 나는 온몸이 젖은 채로
교실에 앉아 있"는 기분을 느끼곤 한다. '나'의 현재 상태가
생(生)보다 죽음에 가까운 듯 보이는 이러한 모습은 「폭설도
내리지 않고 새해」로 이어진다.

> 낡고 이상한 세계에서
> 더 낡고 더 이상한 세계로
> 옮겨 가는 동안
>
> 나는 내가 잃어버린 것들을

무연히 지켜봤다

영원히 찾아 헤매겠다 생각했던 것들

무수한 별, 아름다움
어둠 속에서 맑은 물이 쏟아지는 소리
사람의 것과 사람의 것 아닌 아름다움
심장보다 단단한 토마토 한 알

기억하지 마
다시 십이월이 올 거야

우리의 뜨거운 맥박도
도무지 이어 쓸 수 없던 한 편의 시도
폭설이 다 지워 줄 거야

─ 「폭설도 내리지 않고 새해」 부분

누군가의 죽음을 받아들이는 데 있어 가장 힘든 사람은
어쩌면 죽음을 맞이한 당사자일 수 있다. 더는 삶을 지속할
수 없으며 내가 없는 곳에서 살아갈 사람들이 있다는 사실을
납득하기까지 수많은 머뭇거림이 그를 가로막을 것이다.
"내가 죽고/ 나에게도 애도할 시간이 필요했다"는 말은
그렇게 머뭇거리며 죽음을 받아들이는 시간으로 이해된다.
화자의 죽음 이후 한 달이 지난 시점을 비추는 장면에서

소유정(문학평론가)

'나'는 자신이 살던 집에 있다. 그 사이 친구들은 "출근하고
퇴근하고" "밥 먹고 술 먹고 울고 웃"는 일상으로 돌아간
듯하다. '나'는 "그게 좋아서" 더 큰 소리로 "박장대소"
한다. 계속해서 '나'의 죽음을 슬퍼했더라면 떠나지 못했을
테지만 그들이 지켜야 하는 삶을 다시 찾았다는 걸 확인한
이후 '나'는 온전히 자신의 죽음을 받아들이고 "더 낡고
더 이상한 세계로" 걸음을 옮긴다. 그동안 화자가 알게
되는 건 "영원히 찾아 헤매겠다 생각했던" "내가 잃어버린
것들"이다. 형용할 수 없는 관념적인 것들이 주를 이루는
가운데 무엇보다 붉게 빛나는 것이 있다면 "심장보다 단단한
토마토 한 알"이다. 죽음 이후에도 "토마토를 씻고 물을
버"리며 보낸 한 달이라는 시간은 토마토 껍질의 색깔만큼
선명했던 '우리'의 기억을 환기한다. "내가 제일 좋아하는
술안주잖아 기억나지?" 하고 물으면 "우리가 제일 잘 알지"
답하는 친구들이 있었고, "모르면서 안다고 말하는" 건 사실
"심장보다 단단한" "마음"이라는 걸 아는 '나'는 꾹 쥐어 본
"토마토 한 알"에서 영영 잊고 싶지 않은 그런 마음을 떠올릴
수밖에 없다.

  "잃어버린 것들"을 다시 찾은 '나'는 이제 영원히
그것을 간직할 준비를 마치고 돌아간다. 앞서 소개한
시에서처럼 남겨진 이로서 죽은 친구를 생각할 때와
지금처럼 떠나는 이로서 남은 친구들을 돌아볼 때 다른 점은
기억에 대한 당부에 있다. "기억나지?"와 같은 물음은 이
시뿐만 아니라 다수의 시편에서 여러 번 쓰인 바 있다. 대개

떠난 누군가를 떠올리며 묻는 말은 상대를 향해 있지만 그
끝은 결국 '나' 자신이다. 기억나지? 나는 기억하고 있어.
응답하듯 떠올리는 그에 대한 기억까지가 이 물음에서
연쇄되는 작용이었다. 하지만 이 시에서 '나'는 친구들에게
기억하지 말라는 유언을 남긴다. 결국에 기억은 남은 이들의
몫이고 그와 함께 오는 슬픔 또한 감당해야 하므로. '나'는
친구들이 더 이상 슬퍼하지 않기를 바라며 그 슬픔에도 끝이
있을 거라 위로한다. "십이월"의 "폭설"이 모든 걸 덮어 줄 수
있기를, 눈물도 슬픔도 없는 깨끗한 자리에서 새해를 맞이할
수 있기를 바라는 마음으로 '나'는 "우리가 살아서 나눠 가진
아름다움"을 "심장보다 단단한 토마토 한 알"에 담는다.

　　　　가까운 이들과 '나' 자신을 죽음의 한가운데 두고
사유하는 방식으로 고선경은 미래라는 시간을 조금 더
구체화시킨다. 시적 주체에게 죽음이 이미 하나의 경험이
되었다면 미래는 여전히 미지의 시간이지만 그가 없거나
'나'의 곁에 있던 누군가가 없을 가능성이 다분한 시간이기도
하다. 한 해의 끝이 지나면 새해가 오듯 삶의 끝에 있어
죽음을 막을 수는 없으나 대비할 수 있는 무언가가 있다면 잘
기억하는 일이 아닐까. 고선경은 털실 하나를 들고 한 코를
뜬다. 앞으로 나아가는 한 코, 한 코의 움직임은 그것이 더
이상 털실이 아닌 털실로 만든 무엇일 시간이라는 점에서
미래를 향해 있다. 그리고 그것이 완성되었을 때, 그는
끄트머리를 쥐고 다시 한 코, 한 코를 풀어 나간다. 틀렸거나
코를 빠뜨리지 않았음에도 부러 실이 만든 길을 되짚는다.

　　　　　　　　　　　소유정(문학평론가)

기억하려는 사람의 자세로 엉키거나 매듭이 생기지 않도록
조심스러운 손길이다. 어느 때엔 온 길이 아득해서 실제로
있었던 일인지 꿈인지 상상인지 헷갈리기도 하지만 '나'의
기억 속에서 그것은 모두 발생한 사건으로 유효하다. 언제
그랬냐는 듯 원래의 모습대로 동그랗게 감긴 털실 하나가
있다. 무엇이라도 될 수 있는 미래의 가능성이 시인의 손 안에
있다. "다시 코바늘을 쥐고 미래를 떴다는/ 이야기를 할 수
있겠지"(「털실로 뜬 시계」) 중얼거리며 한 코를 만드는 사람.
끝과 시작을, 과거와 미래를 횡단하며 기억의 시간을 뜨는
고선경의 시는 앞으로도 자신의 궤적을 착실히 만들어 갈
것이다.

문학 웹진 LIM

여기, 뚫고 나오는 이야기의 숲

문학 웹진 LIM	등단 여부 및 장르에 구애받지 않는 여기의 젊은 작가들을 위한 연재 플랫폼입니다. 장·단편소설, 대담, 에세이 등 이채로운 작품을 요일마다 만날 수 있습니다.
림LIM 젊은 작가 소설집	웹진에 연재한 작품 중 일부를 엮어 일 년에 두 권 출간합니다.
시-림LIM	문학 웹진 LIM에서 새롭게 시작하는 시인선 시리즈. 자기만의 세계가 확고한, 다양한 표정을 가진 시를 소개합니다.
ILLUST LIM	일러스트레이터의 작품으로 단편소설 한 편을 새롭게 엮습니다.
림LIM 장편	01. 이하진 장편소설『모든 사람에 대한 이론』

'-림LIM'은 '숲'의 뜻을 더하는
접미사이자 이전에 없던 명사입니다.   www.webzinelim.com

시-LIM 시인선 001

심장보다 단단한 토마토 한 알
고선경 시집

초판 1쇄 발행	2025년 1월 10일
초판 5쇄 발행	2025년 3월 10일

지은이	고선경
펴낸이	정중모
펴낸곳	도서출판 열림원

출판등록	1980년 5월 19일(제406-2000-000204호)
주소	경기도 파주시 회동길 152
전화	031-955-0700
팩스	031-955-0661
웹진	www.webzinelim.com
이메일	editor@yolimwon.com
	webzinelim@yolimwon.com
인스타그램	@yolimwon
	@webzinelim

주간	김종숙	기획실	정진우 · 정재우
책임편집	정소영	디지털콘텐츠	구지영
편집	김은혜 · 김혜원	제작	윤준수
디자인	강희철	영업관리	고은정
마케팅 홍보	김선규 · 고다희	회계	홍수진

표지 · 본문 디자인	굿퀘스천